KB040396

에이스와
새우깡

에이스와 새우깡

에이스 같은 여자와
새우깡 같은 남자의 만남

성 승 제 　 장 편 소 설

ㅇㅅ

PROLOGUE

한결같다는 말을 붙여주고 싶은 과자가 있어요.

에이스와 새우깡.

이 둘은 고향도 다르고

맛도 다르고

모르긴 해도 MBTI도 다를 겁니다.

에이스 같은 여자와

새우깡 같은 남자의 만남.

차례

에이스와 새우깡

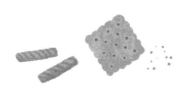

새우깡을 만난 건

에이스가 하얀 전지를 책상 위에 펼치고 무언가를 쓰고 있을 때었어요.

그땐 그가 새우깡인지 몰랐지요.

글씨를 쓰다가 누군가 에이스를 내려다보고 있는 눈빛이 느껴져 고개를 들었는데 새우깡 하나를 올려놓아도 떨어지지 않을 것 같은 긴 속눈썹을 가진 사람이 에이스를 내려다보고 있었어요.

그는 속눈썹의 길이만큼 쌍꺼풀도 깊었고 에이스를 내려다보는 눈빛도 깊었어요. 에이스가 고개를 들어 올려다본 그의 눈은 아름답다는 말이 정말 잘 어울렸어요. 왜 가끔 아름다운 작품을 보면 자기도 모르게 '와!'하는 탄성이 나오잖아요.

새우깡과 눈이 마주친 에이스는 자기도 모르게 "와! 눈이 정말 예쁘네요."라고 말했어요. 그런데 그가 얼굴을 붉히며 "나도 똥도 싸고 오줌도 싸고 그래요."라고 말하는 거 있죠. 순간 에이스는 "저도 이슬만 먹고 사는 거 아녜요. 저도 인간이랍니다. 여러분과 똑같은…"이라고 말하던 어느 여배우의 멘트가 생각났어요.

고기도 자주 먹어 본 사람이 맛을 안다고, 칭찬도 자주 들어본 사람이 듣는 건가 봐요. 그 대목에서 나도 똥도 싸고 오줌도 싼다니요.

그러니까 새우깡은 에이스의 탄성을 작업 멘트로 착각한 거죠.

진짜 나. 원. 참.이었어요.

새우깡을 알게 된 지 일주일이나 지났을까요?

세상에 어스름이 막 내려앉을 무렵이었어요.

무슨 일인지 둘은 함께 아무 말 없이 어색하게 걷고 있었어요. 얼굴과 이름 말고는 아는 게 없었으니까 어쩌면 어색한 게 당연한 거였지요.

그때 갑자기 새우깡이 에이스 앞을 가로막더니

"오! 당신은 나의 태양! 나와 결혼해 주시겠습니까?" 하며 한쪽 무릎을 꿇고 한 손을 내미는 거 아니겠어요. 누가 보면 프러포즈하는 줄 알았을 거예요.

에이스는 당연히 장난으로 들었는데 새우깡은 장난을 포장한 진심이었다네요.

세상에… 지금 생각해 보니 처음부터 결혼을 전제로 한 만남이었어요.

그 이후로 둘은 대화거리가 생겼어요.

에이스는 "잘 알지도 못하는 사람과 어떻게 결혼을 하냐?" 새우깡은 "결혼은 하면서 알아가는 거다."

그때가 아마 에이스는 대학교 2학년, 새우깡은 복학생이 있던 것 같네요. 어렸죠. 어려도 한참 어렸어요.

그렇게 새우깡과 만나던 어느 날 새우깡이 친구들을 소개해 줬어요.

감자깡, 고구마깡, 양파깡.

같은 고향(농*) 출신이라서 그런지 겉모습은 달랐지만 묘하게 닮은 친구들이었어요. 친구들도 새우깡을 닮았는지 진짜 시끄러웠는데 새우깡은 늘 이 친구들과 같이 다녔어요. 에이스는 이 친구들과 노는 것이 싫지 않았어요. 에이스에게도 단짝 친구 커피가 있었지만, 커피는 워낙 인기가 많은 친구라 늘 여기저기 불려 다녔거든요.

어느 봄꽃이 떨어지는 오후.

에이스는 새우깡 친구들과 함께 술을 마시고, 친구들과 어울려 골목길을 걷고 있었어요. 사실 술을 마셨다기보다 술자리에 함께 있었다는 게 맞아요. 에이스는 술을 잘 먹지 못하거든요. 그런데 에이스와 함께 걷고 있던 새우깡이 골목에 주차되어 있는 차로 막 달려가는 거예요. 그러더니 차를 붙잡고 왜 자꾸 자기를 향해 달려오냐며 이제 그만 멈추라고 차에게 사정을 하는 겁니다. 에이스는 그 모습을 보고 한참을 소리 내서 웃었어요. 새우깡은 숨넘어가게 웃고 있는 에이스를 보고 웃었고요. 그렇게 그날 봄꽃으로 가득한 그 골목길은 하얀 벚꽃처럼 웃음소리가 활짝 피었답니다.

앗, 지금 생각난 건데 그때 새우깡이 한 말,

"왜? 자꾸 달려와?"

혹시 에이스에게 하려던 말이었을까요?

새우깡을 알게 된 이후부터 에이스의 삶은 전보다 훨씬 풍요로워지고 편리해졌어요. 첨단 AI 기술이 탑재된 집에 사는 기분이랄까요?

시험 기간에 도서관 자리 찾으려고 두리번거리고 있으면 새우깡이 음료수와 초콜릿이 놓인 자리에서 일어났어요. 1교시 수업에 늦어 정신없이 뛰어가고 있으면 어느새 새우깡이 에이스의 책가방을 들고 에이스 앞에서 뛰고 있었어요. 새우깡은 에이스가 지나가는 말처럼 흘리는 말도 그냥 지나치지 않았어요.

어느 핸가 에이스가 '한문강독'이라는 교양 수업을 들었는데 교수님이 책 한 권을 다 베껴 써야 학점을 주신다고 하는 거예요. 에이스의 한숨을 들었나 봐요. 며칠 뒤 새우깡이 두꺼운 공책 한 권을 주더라고요. 한문강독 책의 모든 한자가 고스란히 보석처럼 박혀 있는 공책이었어요. 한 자 한 자 얼마나 정성껏 썼는지 꾹꾹 눌린 펜 자국이 뒷장에 그대로 묻어 있더라고요.

어디선가 에이스에게 무슨 일이 생기면 나타나는 새우깡.

이제 에이스의 삶은 새우깡을 알기 전과 후로 나뉘어 졌어요.

그때의 에이스는 새우깡이 무얼 가지고 있지 않은 지가 아니라, 무얼 가지고 있는 지만 보였던 것 같아요. 새우깡이 갖고 있지 않은 것이 무엇이건 그건 문제가 되지 않았어요. 그때 에이스가 생각하는 사랑은 '때문에' 사랑이 아니라 '그럼에도 불구하고' 사랑이었거든요. 그거 있잖아요. 온달과 평강공주. 에이스는 새우깡에게 평강공주였어요. 새우깡은 언젠가 왕이 될 날을 기다리는 온달 장군이고요.

　새우깡과 만나고 첫 번째 맞는 에이스의 생일이었어요.

　새우깡이 만나자고 하더라고요.

　생일에 보자고 하니까 에이스는 한껏 기대를 했지요.

　약속 장소에 갔더니 새우깡 옆에 다른 친구가 있더라고요.
에이스는 '늘 있는 일이니까 조금 이따 가겠지.' 했던 것 같아
요. 그런데 헤어질 시간이 다가와도 그 친구는 가지 않았어
요. 함께 밥도 먹고 차도 마시고 다 했는데 말이죠. 결국 그렇
게 에이스의 생일을 셋이서 함께 보내고 그 친구를 보낸 후
에이스를 데려다주는 길이었어요. 새우깡이 슈퍼로 가더니
몸을 가릴 만큼 큰 뻥튀기를 안고 나오는 거예요.

　그러더니 에이스에게 안겨 주면서,

　"우리의 사랑이 이 뻥튀기처럼 부풀었으면 좋겠어."라고
말했더라는 거죠.

　에이스가 새우깡을 사랑한 건 새우깡이 사랑할 이유가 많
아서가 아니라 에이스 스스로 새우깡을 사랑할 이유를 만드
는 거였어요. '그럼에도 불구하고' 라며 말이죠.

　하지만 이건 에이스의 착각이었을지도.

　어쩌면 '그럼에도 불구하고'라는 말은 새우깡이 아니라 에

이스에게 더 잘 어울리는 수식어였는지도 모르겠네요.

새우깡을 먹어 본 사람은 다 알아요. 새우깡은 뜯을 때부터 먹는 소리까지 다 요란하다는 것을. 새우깡 역시 가만히 있지 않는 이상 어디에서도 존재를 숨기기 힘든 사람이었어요. 뭐랄까요? 새우깡과 만나면 뭐든 크게 부풀어 오른다고 할까요?

새우깡 눈에는 한 가지가 좋아 보이면 열 가지가 다 좋아 보이나 봐요. 새우깡에게 밥 한번 사 준 친구는 매일 밥 사 주는 친구로, 펜 한번 빌려준 친구는 뭐든 다 빌려주는 친구로, 수학 문제 하나 잘 풀면 수학 천재, 친구 연습장에 그려진 낙서가 새우깡 눈에 들면 그림 천재….

한 마디로 새우깡은 성급한 일반화의 대가였어요.

에이스는 새우깡 말을 듣고 새우깡 친구들은 모두 천재인 줄 알았어요. 직접 소개받고 만나보기 전에는요.

이런 새우깡이었으니 친구들에게 에이스를 어떻게 소개했을지는 말할 필요가 없겠지요. 모르긴 몰라도 이 세상에 지금까지 존재하지 않았던 다른 세계의 여신쯤으로 되어 있었을 거예요.

물론 친구들이 에이스를 만나기 전까지요.

다행히 새우깡의 성급한 일반화에는 사심이 없었어요. 새우깡은 친구들을 아니, 정확히 말하면 사람을 진짜 좋아했었으니까요.

에이스는 그런 새우깡이 싫지 않았어요.

에이스는 팩트녀였거든요.

과장법은 시에서나 존재하는 것이며, 현실 세계에 존재하는 과장은 모두 거짓말이라 생각하는.

꿈과 희망으로 가득한 새우깡의 언어는 어느새 에이스를 환상의 나라로 이끌고 있었어요. 그런데요, 새우깡이랑 다니면 에이스는 정말 신기하게도 여신이 된 기분이 들었어요. 새우깡이 자꾸 그런 일을 만들었거든요.

그날은 국어과와 수학과, 그리고 다른 몇 개 학과가 함께 진행하는 프로젝트가 있었어요. 새우깡은 수학과 대표로 에이스는 국어과 대표로 함께 회의에 참가했지요. 회의가 끝나고 뒤풀이가 있었는데 에이스가 좀 늦게 도착했어요. 새우깡은 평소에 안면이 있었던 음악과 선배랑 함께 있었어요. 에이스는 음악과 선배와 새우깡이 있는 곳으로 가서 자리를 잡고 앉았는데, 둘의 분위기가 뭔가 심상치 않아 보였어요. 둘 다 아무 말 없이 맥주 컵에 소주를 부어 마시고 있었는데 소주 먹는 방법이 좀 특이했어요. 맥주컵에 소주를 2/3 정도 붓고 거기에 계란 하나를 터뜨려서 새우깡이 원샷을 하면 곧바로 음악과 선배가 원샷을 하고, 둘은 그렇게 상대의 잔이 비워진 것을 확인하며 말도 없이 술 내기를 하고 있었어요. 그렇게 얼마가 지나고 새우깡이 "내가 이겼다!"라며 손을 번쩍 들더니 자리에서 일어나 나가는 거예요. 에이스는 새우깡을 따라 나갔어요. 새우깡은 평소에도 늘 소주와 친하게 지내서인지 그렇게 술을 마시고도 괜찮아 보였어요. 한참을 걷다가 에이스가 물었어요.

"도대체 뭘 걸고 그렇게 무모한 내기를 한 거예요? 내기 제목이 뭐예요?"

"…너"

평소의 에이스라면 분명 기분 나빠야 할 포인트인데 그날은 아니었어요. 에이스는 그렇게 자꾸 새우깡이 목숨을 걸고 지키는 어이없는 여신이 되어가고 있었어요.

운동이라고는 학교 다닐 때 체육 시간이 전부였던 에이스와는 다르게 새우깡은 모든 운동을 잘했어요. 직접 하지는 못해도 보는 건 좋아하는 에이스 앞에 어느 날 새우깡이 농구공을 들고 나타났어요.

하얀색 기본 면티에 검정 색 트레이닝 바지를 입고 빨간 농구공을 한 손에 들고 걸어오는 새우깡의 모습.

처음이었어요. 새우깡이 멋있어 보인 건.

외모는 신이 결정하고 스타일은 재력이 결정한다고 새우 깡 스타일은 가난한 복학생. 딱 그거였거든요.

그런데 그날은 아니었어요.

에이스의 병이 재발한 걸까요?

사실 에이스는 예전에 병을 앓은 적이 있었어요.

병명을 알 수 없어 그냥 불치병이려니 했지요.

병이 나타나기 시작한 건 초등학교를 졸업하고 중학교에 입학했을 무렵이었던 것 같아요. 친한 친구 집에 놀러 갔다 가 그 친구가 자기 오빠를 소개해줬어요. 그때였어요. 에이 스는 평소에 한 번도 경험해 보지 못한 온몸의 카오스를 경 험했어요. 친구 오빠와 눈이 마주치는 순간 머리끝부터 발끝 까지 에이스의 마음대로 움직이는 게 하나도 없었어요. 다행 히 그 오빠가 나가는 중이어서 에이스의 혼돈을 아무도 눈치 채지 못했지만 에이스는 그날 이후 계속 병을 앓으며 지냈어 요. 지나가는 남자 사람만 보면 심장이 자꾸 자리 이동을 하 는데, 세상의 반은 남자 사람이고, 사는 게 정말 힘들더라고 요. 에이스는 병을 고치기 위해 별별 노력을 다했어요. 마주 치면 돌아가기, 돌아갈 수 없으면 비켜가기, 비켜가기도 힘들면 자가 호흡 등등. 그러다가 이 방면의 전문가를 알게 됐어요. 중학교 2학년 같은 반 친구였죠. 그 친구는 예전에 자기도 그 병을 앓은 적이 있고 지금도 자주는 아니지만 증상이 나타날 때가 있다면서 에이스에게 두 가지 질문을 했어요. 친오빠가 있는지, 하이틴 로맨스 책을 읽어본 적이 있는지. 그 친구는 답을 듣고 나서 에이스가 앓고 있는 병의 원인과 치료 방법에 대해 자세히 알려 주었어요. 그 친구의 말에 의하면, 그 병은 에이스처럼 오빠가 없는 사람들이 잘 걸리는 병이래요. 오빠가 있는 친구들은 오빠라는 단어를 많이 쓰기 때문에 단어가 가지는 신비성이 없는데 오빠가 없는 친구들은 평소에 오빠라는 말을 해 본 직이 없어서 오빠라는 단어에 자기도 모르게 신비성을 부여하는 거래요. 그렇기 때문에 갑자기 오빠라고 부를 대상이 눈앞에 나타나면 우리 몸이 방어를 하는 거라네요. 그 친구 말을 듣고 생각해 보니 에이스는 살면서 오빠라는 말을 써 본 적이 없는 것 같았어요. 에이스는 친가, 외가를 통틀어 첫째였거든요. 에이스는 그 친구의 전문성에 감탄했어요.

치료 방법은 자꾸 남자 사람을 만나면 되는데 우리는 여자 학교라서 기회가 많지 않으니, 대신 하이틴 로맨스 류의 책을 많이 읽으라는 거였어요.

간단명료. 명의는 어려운 처방을 내리지 않는 법이죠. 그런데요, 이게 아주 간단한 처방인데 막상 해보니 에이스에게는 쉬운 일이 아니었어요. 그 친구가 소개해 준 책들은 제목과 등장인물 이름, 장소만 다르지 내용이 다 비슷했어요. 카드 돌려 막기. 딱 그 느낌이죠. 거기다가 읽다 보면 화장실이 왜 그리 자주 가고 싶은 건지. 에이스는 책을 읽는 것이 힘들다는 것을 그때 처음 알게 되었어요. 전문가 친구의 솔루션은 에이스에게는 맞지 않았지만 무슨 일인지 시간이 지나면서 조금씩 괜찮아졌어요. 아! 지금 생각해 보니 그 친구 말이 맞았네요. '남자 사람 친구를 많이 만나라!' 학원을 다니면서 남자 사람 친구를 만나게 되니까 남자만 보면 문제가 생겼던 심장이 제자리를 찾은 거였어요. 역시 명의는 달랐어요.

한참을 잊고 지냈어요. 병을 앓은 기억조차 사라졌을 만큼.

그런데 지금 그 병이 재발한 것 같은 기분이 드는 거예요.

블랙 앤 화이트로 차려입은 새우깡을 보며 그때보다 더한 육체와 정신의 카오스가 느껴지는 거예요.

세상에. 이거 봐요. 면티에 츄리닝을 보고 블랙 앤 화이트라니요. 틀림없어요. 병이 재발한 게.

새우깡은 에이스가 살아왔던 삶의 오차 범위를 늘 뛰어넘는 사람이었어요. 그래서였나 봐요. 에이스가 새우깡에게 끌렸던 이유가.

새우깡의 농구공 든 모습을 보고 놀란 가슴이 미처 진정되지도 않았는데 이번에는 새우깡이 에이스에게 포켓볼을 가르쳐준다며 당구장엘 데리고 갔어요.

에이스는 당구장에 처음 가봤어요.

새우깡은 자기 별명이 '당신'인데 '당신'은 '당구의 신'을 가리키는 말이라며, 에이스에게 당구장에 있는 물건들과 게임 규칙을 자세히 설명해줬어요. 에이스는 당구공이 마음에 들었어요. 정확히 말하면 알록달록 예쁘게 생긴 공과 공이 서로 부딪힐 때 나는 그 소리가 좋았어요. 새우상이 지는 모습을 보라면서 큐대를 잡았어요.

'아!' 이 소리.

에이스가 새우깡의 속눈썹을 처음 봤을 때 에이스도 모르게 나왔던 감탄사. 큐대 잡고, 허리 접고, 당구공을 노려보는 새우깡의 진지한 눈빛. 딱 하나, 진지함이라고는 찾아볼 수 없어 아쉬웠던 새우깡이었는데, 새우깡도 가지고 있었어요. 진지한 눈빛. 아마도 그때 에이스는 '당신'의 당신이 되기로 마음먹었던 것 같아요.

아는 것이 힘일까요? 모르는 것이 약일까요?

모르는 것이 약이었던 학창 시절을 보낸 에이스에게는 새우깡을 만난 이후 알게 된 모든 것이 살아가는데 힘이 되는 것처럼 느껴졌어요.

새우깡은 사는 데 필요한 신기한 재주들을 많이 가지고 있었어요. 그중에서도 제일 신기했던 것은 숟가락으로 병따기였어요. 세상에 숟가락만 있으면 오프너 없이도 모든 병이 '펑' 하고 열리는 거예요. 에이스는 그 소리를 들으며 지니를 생각했어요. 그 소리는 알라딘의 요술램프 지니가 나타날 때의 소리와 비슷했거든요. 에이스는 그 소리가 너무 좋아 한참 동안 가방에 숟가락을 넣고 다녔어요. 가끔은 새우깡이 혹시 지니가 아닐까 상상하면서.

새우깡과 짜장면을 먹을 때였어요.

에이스는 짜장면과 함께 나온 단무지가 보통 단무지보다 굵기가 얇아서인지 유난히 맛있다고 생각했어요.

그런데 새우깡은 짜장면 한 그릇을 다 비울 동안 단무지에 손도 대지 않는 거예요. 에이스는 새우깡에게 물었어요.

"혹시 단무지 싫어해요?"

"그게… 단무지 알레르기가 있어서."

그러더니 새우깡은 단무지 알레르기가 군대에서 생긴 거라며 규대 얘기를 꺼냈어요.

에이스는 집에서 첫째였고 친척 중에도 오빠가 없어서 새우깡이 해주는 군대 얘기가 흥미로웠어요.

새우깡은 취사병 출신이라고 했어요.

매일 3,000명이 넘는 부대원들의 식사를 책임졌는데, 재료 손질부터 배식까지 새우깡 손이 닿지 않으면 되는 것이 없었대요.

새우깡이 해주는 군대 얘기는 알라딘의 요술램프보다 신기했어요. 그중에서도 비 오는 날의 배식 이야기는 늘는 내내 에이스의 입에서 탄성을 연발하게 했어요.

훈련 중에 군인들이 각자 배식판을 들고 연병장에 앉아 있으면 새우깡이 헬기를 타고 단무지 배식을 한다는 거예요. 이게 고도의 집중력이 필요한 거라서 몇몇 특수 취사병만이 할 수 있는 일인데 같은 양의 단무지를 정확히 배식판 반찬 놓는 위치에 떨어뜨리기가 정말 쉽지 않았다고 하더라고요. 3,000명 단무지 배식을 끝내면 노란색 셀로판지를 붙인 안경을 쓴 기분이래요. 헬기 타고 하는 단무지 배식이라니 그럴 만도 하지요. 그때부터였대요. 단무지 알레르기가 생긴 것이.

단무지만 보면 몸이 가려워지고 속이 메스꺼워지고.

에이스는 새우깡의 이야기를 들으며 슬쩍 단무지 그릇을 냅킨으로 덮었어요.

새우깡이 손가락을 자기 입에 대면서 말했어요.

"이건 비밀인데, 원래 군인은 국방부 소속이거든. 하지만 나는 특수 부대 출신이라 내무부 소속이야."

그런데요, 에이스는 이 말도 안 되는 비밀을 결혼하고 신혼 집들이할 때까지 지켰다는 겁니다. 에이스와 새우깡의 신혼 집들이때였어요. 왜 남자들 모이면 군대 얘기 안 빠지잖아요. 다들 '누가 누가 더 고생했나.' 얘기로 정신이 없는데 웬일인지 새우깡이 한마디도 안 하는 거예요. 술도 한잔하고 분위기도 좋아서였을까요? 에이스는 이제 비밀을 말해도 될 것 같은 기분이 들었어요.

"이건 비밀인데요, 여러분이 아무리 군대 얘기를 해도 우리 신랑보다 특수한 군대 나온 사람은 없을걸요? 여러분은 다 국방부 출신이죠? 우리 남편은 내무부 소속이랍니다."

에이스는 그때 신랑 친구들의 얼굴을 잊을 수가 없어요.

저 사람 뭐지? 하는 그 표정. 그리곤 새우깡에게 사기 결혼했다며 배꼽을 잡고 웃었어요. 새우깡이 조용히 있었던 이유가 있었더라고요.

그때 알았어요. 내무부 소속의 의미를. 새우깡은 내무부 소속 취사병 방위였던 거죠.

커피엔 에이스

이제 친구들 이야기를 해볼까요.

에이스와 제일 친한 친구는 커피였어요.

커피는 자기 색깔이 분명함에도 취향에 따라 물과 단맛의 정도를 조절할 수 있어서인지 주변에 친구들이 항상 많았어요.

그래도 커피엔 에이스라 둘은 자주 붙어 다녔어요.

친구는 닮는다는데, 커피와 에이스는 아니었어요.

외모도 안 닮았지만 성격도 달랐어요.

커피가 예민하고, 세심하게 다른 사람까지 챙겨주는 스타일이라면, 에이스는 호기심 많고 생각은 많은데 몸이 따라가지 못해 손이 많이 가는 스타일이었어요.

대학만 가면 모든 것을 마음대로 해도 된다는 부모님의 말씀을 따라 에이스의 대학 생활은 정말 바빴어요.

동아리 일에 학생회 일, 거기다 중간고사까지 겹친 때였어요. 커피는 시험 때만 되면 에이스를 따라다니며 "○○ 과목 리포트는 제출했냐?", "내일까지 과제 제출인데 그건 다 했냐?" 하며 엄마처럼 잔소리를 했어요. 그런데 한참 뒤라 생각하고 미뤄 놓았던 교양과목 리포트 제출 기간이 지난 거예요.

커피가 말했어요.

"내가 쓰는 김에 네 것까지 써서 냈어."

에이스는 순간 자기도 모르게 커피에게 왜 그건 안 챙겨줬냐고 원망을 할 뻔했는데, 정말 생각만 해도 아찔했던 순간이었어요. 하지만 나중에 확인한 점수는 에이스를 더 아찔하게 했어요. 에이스 A+, 커피 A

그렇게 에이스는 관리비도 안 내고 커피에게 성적 관리를 받고 있었어요. 그런 친구였어요. 에이스에게 커피는.

졸업 후 에이스와 커피는 한동안 못 만났어요. 에이스는 서울에서 커피는 지방에서 교직 생활을 시작하게 되었거든요.

커피 없이 에이스 혼자 시작하는 새내기 교사 생활은 생각보다 훨씬 더 어려웠어요. 아이들만 가르치면 될 줄 알았는데 학교 일은 손대기만 하면 다 에이스 일이 되었어요. 그렇게 서로의 학교생활에 적응해 가고 있던 어느 날 커피에게 연락이 왔어요. 단순한 안부 전화라서인지 말끝을 흐리는 커피의 목소리가 석연치 않아서 에이스는 커피에게 주말에 보자는 약속을 하고 전화를 끊었어요.

거의 일 년 만에 만난 커피는 전보다 훨씬 살이 빠져 보였어요. 원래도 40kg이 될까 말까 한 커피였는데.

"잘 지냈어? 학교생활은 어때? 애들은? 선생님들은? 얼굴 보니 많이 힘들었나 보네."

에이스는 커피의 야윈 모습에 마음이 안 좋아서 자기도 모르게 질문 폭탄을 쏟아부었어요.

"나… 학교 그만뒀어. 좀 아팠거든."

"그랬구나. 그래서 네가 이렇게 살이 빠진 거구나. 미안해. 내가 너무 무심했어."

"미안하긴. 너도 학교생활 적응하느라 힘들었을 텐데."

"근데 어디가 아픈 거야? 쩌도 될까 말까 한데, 살이 더 빠진 이유가 뭐야?"

"지금은 나아지고 있는 중이야. 너 만난다고 오랜만에 체중계 올라가 보니 38kg이더라. 이만하면 이제 밖에 나가도 될 수 있겠다 싶더라고. 그런 눈으로 안 봐도 돼. 진짜 좋아지고 있으니까.”

커피는 그러니까 ‘신병’에 걸렸던 거였어요.

“학교 발령받고 얼마 지나지 않은 어느 날이었어. 온몸에 식은땀이 나고, 머리가 깨질 듯이 아파서 병원에 갔는데 원인을 찾을 수가 없었어. 시간이 지나면 나아질 줄 알았는데 점점 더 온몸이 두들겨 맞은듯 아파오는 거야. 여기저기 안 가본 병원이 없었는데 병명은 모두 원인 불명이었지. 거기에다 알 수 없는 꿈을 매일 반복해서 꾸는 거야. 내가 많은 사람 가운데에서 길을 잃고 헤매고 있으면 어떤 날은 호랑이가 나타나서 구해주고. 어떤 날은 남자아이가 나타나서 구해주고. 또, 어떤 날은 창이 환하게 밝아오는 꿈을 꾼다거나 긴 칼이 눈부시게 빛나는 꿈을 꾸었어. 깨어 있으면 온몸이 아프고 잠들면 이상한 꿈을 반복해서 꾸고. 그러다가 만난 사람이 신 엄마였어. 신 엄마와의 만남은 처음부터 평범하지 않았어.”

말을 하고 있는 사람은 분명 커피였는데 왠지 에이스의 입이 마르는 것 같은 느낌이 들어 에이스는 물을 한 모금 마셨어요. 커피는 그런 에이스의 모습을 보며 계속 말을 이어 갔어요.

“나를 처음 본 날 신 엄마는 나에게 한 번만 더 생각해 볼 수 없겠냐고 하더라. 내 꿈 이야기를 들은 다음에는 더 강하게 무속인의 길을 권유했고. 하지만 내가 완강하게 거부하자, 우리 가족이나 조상 중에 무속인이 있는지 물으셨어. 없다고 하니까 그제서야 치료를 시작하더라고."

"치료? 신 엄마라는 사람이 너를 치료했다고?"

"응, 치료. 내가 신 엄마 앞에 앉아 있으면 신 엄마는 혼자서 어느 날은 무서운 목소리로, 어느 날은 달래는 목소리로 누군가와 얘기를 했어. 치료가 끝나면, 가만히 앉아 있기만 했던 나도, 땀을 뻘뻘 흘리며 누군가와 이야기를 했던 신 엄마도 모두 녹초가 되었지. 그렇게 병원이 아닌 병원에서, 치료 아닌 치료를 받고 있던 어느 날 신 엄마가 말했어."

커피는 여기까지 말하고 차를 한 모금 마셨어요. 페퍼민트. 커피가 좋아하는 차였어요. 에이스는 커피를 보며 속이 훤히 비치는 투명한 물고기를 보고 있는 것 같은 기분이 들었어요. 에이스에게는 다 보였거든요. 힘들었던 시간을 내색하지 않으려 애쓰는 커피의 마음이.

커피는 다시 이야기를 시작했어요.

"오늘은 집에 가서 잘 때 머리맡에 과도나 아님 연필깎는 칼 같은 것을 베개 옆에 놓고 자." 듣기만 해도 섬뜩했지만, 커피는 신 엄마가 시키는 대로 그날 밤, 칼을 하나 머리맡에 놓고 잤대요.

"또 꿈을 꿨어. 그런데 꿈이 예전에 반복적으로 꿨던 그런 꿈이 아니었어. 꿈에 우리 집에 도둑이 든 거야. 도둑은 식구들에게 뭐든 하나씩을 가져오라고 했어. 나는 도둑에게 줄 것이 아무것도 없다고 말했어. 그랬더니 도둑이 저걸 달라고 하는 거야. 도둑이 가리키는 손가락 끝에는 칼이 하나 놓여 있었는데 칼에서 뿜어 나오는 빛이 너무도 강렬해서 눈을 뜰 수가 없을 정도였어. 나는 도둑에게 주저 없이 그 칼을 주었어. 도둑은 나에게서 그 칼을 가져가고 대신 종이도 자를 수 없을 것 같은 이 빠진 녹슨 칼을 주었어. 다음 날 신 엄마에게 꿈 이야기를 했어. 다 듣고 난 다음 신 엄마가 말했어.

"이제 다 됐다. 이제 다 끝났어."

나는 이렇게 말하는 신 엄마의 얼굴에서 왠지 모르게 자식 잃은 부모의 슬픔이 느껴졌어. 그리고 정확히 뭐가 다 끝났는지는 몰랐지만 신 엄마의 그 말에 안도감이 들더라고."

그날 이후 커피는 정말 거짓말처럼 아픈 것이 나았고 꿈도 꾸지 않았대요. 에이스는 커피가 꾼 꿈이 무엇을 의미하는지 어렴풋이 알 것 같았어요. 학교 다닐 때 방언 답사를 갔다가 무속인을 만난 적이 있었거든요. 그때 그분이 알려줬어요. '애기 도령, 산신 도사' 하는 것은 무속인 각자가 모시는 신이래요. 접신할 때 자신을 도와주는 신의 모습에 따라 동자신,

산신, 뭐 그러는 거래요. 그러니까 무속인 한 명을 하나의 신이 도와주는 거죠. 에이스는 커피의 꿈 이야기를 들을 때, 다시 생각해 볼 수 없냐던 신 엄마의 말이 생각났어요. 신 엄마 입장에선 커피가 참 많이 아까웠던 거지요. 여러 신이 도와준다는 거잖아요. 더군다나 창문이나 칼이 환하게 빛났다는 것은 그 영험함의 정도를 말해주는 것일 수도 있고요. 그렇게 생각해 보니 에이스는 커피의 마지막 꿈 이야기를 듣고 난 신 엄마의 슬픔이 뭔지 알 것 같기도 했어요. 도둑이 놓고 갔다던 이 빠진 녹슨 칼. 그건 이제 커피에게서 그런 영험한 기운이 다 빠져나갔음을 의미하는 거였을 테니까요.

이야기를 끝낸 커피의 얼굴은 편안해 보였어요. 커피가 한 번도 입 밖에 내어 본 적이 없는 이야기였을 테니까요. 커피에게도 자신의 지난날들을 되돌아볼 수 있는 시간이었어요. 커피는 그 시간을 에이스와 함께할 수 있어서 좋았어요.

에이스는 커피에게 물었어요.

"그럼, 학교는 왜 그만둔 거야? 다 괜찮아졌는데."

"그게 있잖아. 사실은…"

"사실은? 뭐야? 무슨 일이 또 있었던 거야?"

에이스는 심장이 '쿵' 하고 떨어지는 소리를 들었어요.

그런 일이 있고 나서 커피에게는 이상한 일이 생겼어요. 아니 이상하다기보다는 신기한 일이라는 표현이 맞을 것 같아요.

학교에서 마주치는 아이들을 보면 그 아이들의 미래의 모습이 막 상상이 되는 거예요. 아이를 딱 보면, 어떤 아이는 회사 CEO가 되어 회의하는 모습이, 어떤 아이는 아무도 없는 텅 빈 집에서 술을 마시고 있는 모습이, 또 어떤 아이는 병원에서 의사 가운 입고 진찰하는 모습이 상상이 되더라는 거죠.

상상이 상상으로만 끝나면 커피가 학교까지 그만두는 일은 없었을 텐데 그게 아니었어요. 미래 상상하기의 폐해는 커피 앞에 있는 아이의 지금 모습을 보고 가르치는 것이 아니라 커피가 상상하는 미래의 모습을 보고 아이를 가르치는 거였어요. 그러다 보니 '이 아이는 지금은 좀 공부를 못하고 생활 태도가 안 좋지만 앞으로는 잘 될 거야.'라든지 '이 아이는 지금 아무리 잘해도 나중 되면 힘들 텐데', 혹은 멀쩡히 건강하게 학교 잘 다니는 친구에게 볼 때마다 아프지 말라고 한다든지 등등 지금 아이의 모습을 가지고 훈육이 안 되다 보니 아이들은 그것을 차별이라고 느끼게 되었고 학교에선 이상한 선생님이라는 소문이 돌게 되었던 거죠.

커피가 학교를 그만둔 건 바로 상상병 때문이었어요.

에이스는 커피에게 슬쩍 물었어요.

"나는? 날 보면서 무슨 상상을 하는데?"

"후후. 지금은 그런 상상 안 해. 아니 못 한다고 해야 하나? 학교 그만두고 나오는 날부터 싹 사라졌어."

"아! 아쉽다."

에이스는 다행이라 생각했어요. 커피와 이렇게 농담을 주고받을 수 있다는 것은 커피가 이제 정말 괜찮아졌다는 증거니까요.

커피는 그 이후로 눈에 띄게 달라졌어요. 예뻐졌다는 표현이 더 어울리겠네요. 그러고 나서 커피와 에이스는 또 한참을 못 만나고 지냈어요.

그런데요…. 배운 게 도둑질이라고 하잖아요.

어느 날 에이스가 교육청에 일이 있어서 갔더니 커피가 거기서 일하고 있더라고요. 그렇게 커피와 에이스는 서로를 격정해 주고 위로해 주는 친구로 남았답니다.

역시 커피엔 에이스였어요.

새우깡과 친구들

양파깡

새우깡 친구들이요?

한 마디로 많았어요.

새우깡이 원래 아이 손 어른 손 할 것 없이 자꾸만 손이 가잖아요. 진짜 그렇더라고요.

새우깡이 가는 곳은 어디든 친구가 있었어요. 결혼식 때 피로연을 1박 2일로 했다면 말 다한 거 아니겠어요.

신기한 건 그 많은 친구가 모두 다 친한 친구라는 거였어요. 에이스는 새우깡의 이야기를 들을 때는 말이 안 된다고 생각했는데 친구들을 만나보고 나니 말이 되는 거였어요. 모든 친구들이 새우깡은 자신과 특별한 관계라고 말했으니까요.

하지만 뭐니 뭐니 해도 깡총사는 역시 감자깡, 양파깡, 고구마깡이지요.

깡총사들은 새우깡의 고등학교 친구들이었는데, 양파깡과 새우깡은 친구들도 인정할 만큼 여학생들의 인기를 한 몸에 받고 있었어요. 한참 이성에 관심 가질 무렵 성당 청년부 활동을 하면서 각기 다른 매력으로 여학생들의 마음을 사로잡았다나 뭐래나.

여학생들 입장에서는 골라 보는 재미가 있었을 거예요. 양파깡은 새우깡과 정 반대였으니까요.

새우깡이 키가 크고 남성적이며 목소리로 자신의 존재를 드러내는 친구였다면 양파깡은 키가 작고 여성적이며 감미로운 목소리를 가지고 있는 친구였어요. 그래서 양파깡 별명이 '노래하는 서정 시인'이었지요.

새우깡이 에이스에게 자신의 친구라며 제일 먼저 양파깡을 소개해 준 것을 보면 새우깡이 제일 좋아하는 친구는 아마도 양파깡인 것 같아요. 양파깡을 만난 후 에이스 생각도 새우깡과 마찬가지였고요. 듣던 대로 양파깡의 목소리는 살아 숨 쉬는 악기였어요. 자기소개가 시로 들리기는 에이스 생애 처음이었지요. 거기다가 양파깡은 언제나 기타를 가지고 다녔는데 에이스는 이 부분이 제일 맘에 들었어요.

에이스는 기계 잘 다루는 남자와 악기 잘 다루는 남자를 좋아했거든요. 아니, 기계나 악기를 잘 다루는 남자라기보다 기계나 악기를 다루는 남자의 손가락에 관심이 많았다고 하는 것이 맞을 것 같네요. 양파깡의 손가락은 에이스가 좋아하는 가늘고 긴 손가락은 아니었어요. 다행이었지요. 만약 손가락까지 완벽했다면 에이스는 심하게 내적 갈등을 겪어야 했을 테니까요. 에이스는 양파깡에게 늘 감사한 게 있었어요. 에이스의 태교에 도움을 주었거든. 에이스가 새우깡에게 기타 치며 노래 불러 달라고 하니까 자기가 부르면 오히려 태교에 방해가 된다며 전문가를 모셔 왔어요. 맞아요. 양파깡. 그래서 에이스는 라이브로 태교한 여사가 되있답니다.

생각해 보니 새우깡은 기계도 악기도 둘 다, 하나도 못 만지는 남자였네요. 그걸 그땐 왜 몰랐을까요?

감자깡

감자깡은 새우깡이 가장 믿는 친구래요.

에이스는 '가장, 최고, 제일' 등의 수식어들을 넣어 단정적으로 말하는 새우깡의 화법이 참 신기했어요.

에이스는 감정 표현을 할 때 '진짜, 정말'이라는 수식어를 잘 쓰지 않거든요. '그건 진짜야, 정말이야.'라고 말하는 순간 이미 말한 것은 가짜가 되는 것 같아서.

새우깡이 가장 믿는 친구. 감자깡. 감자깡은 어떻게 새우깡에게 가장 믿는 친구가 된 걸까요?

고등학교 때 야간 자율학습 시간이었어요. 그때는 도시락을 두 개씩 싸가지고 다녔어요. 점심 도시락, 저녁 도시락. 점심 도시락은 점심 전에 먹고, 저녁 도시락은 저녁 전에 먹는 것이 새우깡의 정석이었지요. 일찌감치 저녁을 먹은 새우깡은 감자깡을 포함해서 두 명의 친구와 함께 야자 탈출을 하기로 하고 교문을 나왔어요.

넷은 학교 앞 모퉁이 슈퍼로 들어갔어요.

오늘은 새우깡의 첫 출정식이 있는 날이었거든요.

슈퍼로 들어간 새우깡은 친구들이 알려준 대로 파카 앞 지퍼를 내리고 뛰는 가슴을 달래며 천장을 쳐다봤어요. 천장에 있는 거울에는 슈퍼 주인아저씨의 모습이 다 보였어요. 아저씨는 신문을 읽고 계셨어요. 새우깡은 온 신경을 천장 거울에 비친 아저씨께 집중하고 손의 감각으로만 무언가를 집어 겨드랑이 사이로 얼른 감추었어요. 아저씨는 여전히 고개를 들지 않고 신문을 보고 계셨어요. 이제 살 것이 없는 것처럼 하고 나가기만 하면 되는 거였어요. 그때였어요. 어디선가 여자아이 목소리가 들렸어요.

"아빠, 저 오빠가 초콜릿을…"

새우깡은 겨드랑이에 감춘 상자를 꺼내 놓고 뛰기 시작했어요. 그런데 발이 잘 안 떨어지는 거예요. 그 사이 나머지 친구들은 모두 도망가고 새우깡만 아저씨께 잡혔어요. 새우깡은 사람이 너무 놀라거나 무서우면 자신의 몸과 마음이 의지대로 움직이지 않는다는 사실을 알았어요. 자기도 모르게 "잘못했어요."라는 말이 입에서 튀어나왔어요. 죄를 시인한 거죠. 새우깡은 아저씨께 엄청 혼이 났어요. 주인아저씨는 나머지 친구들도 데리고 오지 않으면 경찰에 신고하겠다고 말씀하셨어요. 새우깡은 친구들을 찾아 같이 가야 할 것 같다고 말했어요. 그랬더니 한 친구는 갑자기 할머니가 위독하셔서 집에 가야 한다 하고 한 친구는 그 슈퍼 주인아저씨가 아버지 친구분이랑 친한 지인이라서 제발 한 번만 봐 달라며 사정을 했어요. 이제 감자깡만 남았어요. 이 순간이에요. 새우깡이 가장 믿는 친구가 감자깡이 된 것이. 감자깡은 아까는 미안했다며 함께 가자고 했어요. 둘은 슈퍼 앞에 도착하자마자 무릎을 꿇었어요. 그런데 하필 그 시간이 야자 끝나는 시간이었던 거죠. 새우깡과 감자깡은 얼굴이 무릎에 닿을 만큼 고개를 숙이고 스스로 모자이크 처리를 했지만 그건 불가능한 일이었나 봐요.

새우깡은 "저기 새우깡 아니야?" 하고 말하는 여학생의 목소리를 분명히 들었으니까요. 새우깡은 이 사건 이후로 깨달은 것이 있어요. 하나를 얻으면 하나가 아니라 여러 개를 잃는다는 것을. 새우깡은 감자깡을 얻고 여학생들을 잃었거든요. 아! 덤으로 얻은 것이 하나 더 있었네요.

'빵과 우유 프리 패스.'

주인아저씨는 무릎 꿇고 있는 새우깡과 감자깡에게 빵과 우유를 주셨어요. 언제든 먹고 싶으면 또 와서 먹어도 된다는 말씀과 함께. 물론 프리패스를 사용한 적은 없지만 새우깡은 그 슈퍼를 지날 때마다 이상하게 착하게 살고 싶다는 마음을 먹게 되었어요. 세상의 어떤 일은 성공하지 않은 것이 오히려 다행인 일도 있는 건가 봐요.

고구마깡

혹시 고구마깡 드셔 보셨어요?

고구마깡은 새우깡이나 감자깡과 달리 겉이 반짝반짝 빛나잖아요. 자세히 보면 깨도 뿌려져 있고. 하지만 빛나는 외모에 비해 덜 알려져 있고. 고구마깡도 그랬어요.

잘생긴 얼굴에 어딘가 고독이 느껴지는 분위기. 웃을 때도 조용하고 말할 때도 조용하고. 하지만 아주 가끔 던지는 말로 사람들을 웃게 해서 자신의 존재감을 드러내기도 하고. 마치 고구마깡 속의 검정깨처럼 말이죠.

에이스는 심리학을 전공한다는 고구마깡을 처음 보자마자 에이스의 고등학교 때 친구 '귀염둥이 미친*'이 생각났어요. '귀염둥이 미친*'은 에이스의 고등학교 때 같은 반 친구예요. 고3 때까지 초등학생처럼 머리에 색깔 있는 핀을 꽂고 외국 사립학교 교복 같은 옷을 늘 입고 다녀서 붙여진 별명인데 외모뿐 아니라 마음도 초등학생처럼 순수했어요. 에이스와 친하게 지내진 않았지만 같은 동네에 살아 계속 얼굴을 마주치게 되는 친구였지요. 에이스는 고구마깡에게 '귀염둥이 미친*'을 소개해 줬어요. 극과 극은 통한다는 말에 확신을 가지고.

에이스의 확신은 빗나가지 않았어요. 생각 없이 살 것 같고 지극히 단순하게만 보였던 '귀염둥이 미친*'의 모습이 고구마깡 눈에는 지극히 복잡하고 난해한 사람으로 보였던 거지요. '귀염둥이 미친*'을 만나면서 고구마깡은 정말로 고구마깡처럼 달콤해지고 빛이 나기 시작했어요. '귀염둥이 미친*’도 ‘미친*’ 쪽보다는 ‘귀염둥이’ 쪽으로 모습이 바뀌어가기 시작했고요. 둘은 이제 귀염둥이 미친 고구마깡이 되었답니다.

버터링과 사브레

떠먹는 아이스크림 말고 따 먹는 아이스크림.

에이스가 붙여준 목련꽃의 별명이에요. 목련은 에이스가 좋아하는 꽃이에요. 그때가 언제였을까요. 이미 한입 크기의 바닐라 아이스크림 같은 목련꽃이 피는 계절이었던 것 같네요.

새우깡이 말했어요. 오늘은 한 번도 가본 적이 없는 신나고 재미있는 환상의 나라로 안내하겠다고. 에이스는 새우깡의 말을 듣자마자 '놀이공원'을 떠올렸어요. 에이스는 놀이공원 바이킹 타는 것을 좋아했거든요. 에이스는 모르는 척 새우깡을 따라갔는데, 도착한 곳은 놀이공원 아니라 신사동 호텔이었어요.

세상에 호텔이라니요. 사귄 지 얼마나 됐다고. 처음에 만나자마자 결혼하자고 할 때부터 알아봤어야 했었어요. 에이스는 새우깡과 만나면서 자신이 점점 에이스깡이 되어가고 있는 것 같아 하마터면 새우깡 뺨을 때릴 뻔했어요.

에이스는 새우깡에게 집에 가겠다고 했고 새우깡은 여기까지 와서 왜 그냥 가냐고 안에 친구들이 기다리고 있으니 들어가야 한다고 했어요.

친구들이 기다린다고? 호텔에서? 왜?

지금이야 호캉스도 있고 호텔에서 친구들끼리 파티도 하고 하니까 이상할 게 없지만, 그땐… 그게… 그러니까… 그랬어요.

에이스는 도무지 새우깡을 알 수가 없었지요.

그런데요, 그게 말이죠. 에이스가 워낙 춤추는 것에 관심이 없어서 몰랐던 거더라고요. 새우깡이 가려고 했던 곳은 신사동 리버사이드 호텔 나이트클럽이었어요. 거기가 요즘으로 말하면 완전 핫한 곳이었던 거죠. 새우깡 말대로 그곳에는 새우깡의 또 다른 친구들이 기다리고 있었어요. 그런데 이 친구들은 지금까지 만났던 깡총사들과는 분위기가 달랐어요. 아마도 농*이 아니라 해* 출신이어서 그랬던 것 같아요. 버터링과 사브레. 새우깡 말에 의하면 여기선 버터링이 주윤발로 불리는데 주윤발이라는 말 한마디면 뭐든 다 통한다고 하더라고요. 그래서인지 자리도 이미 세팅이 되어 있었고 웨이터 서비스도 거의 천상계 서비스였어요. 하지만 버터링이 주윤발이면 어떻고, 장국영이면 어때요. 에이스는 이런 쪽 유흥에는 전혀 관심이 없었어요.

　에이스는 어릴 때부터 춤 DNA가 전혀 없었거든요. 에이스는 태어나서 춤을 배우고 싶다거나 잘 추고 싶다거나 하는 생각을 한 번도 해 본 적이 없었기에 신입생 환영회나 개강 파티를 클럽에서 하게 되면 언제나 가방지기 혹은 자리지기를 자청해서 했어요. 여기라고 뭐 다르겠어요. 여전히 에이스의 지정석은 자리 지킴이였지요. 에이스는 새우깡과 친구들 성화에 못 이겨 나가서 국민 체조하고 들어오기를 몇 번 반복했어요. 사이키 조명엔 역시 동작이 커 보이는 국민체조가 딱이라며. 에이스는 반 잔만 마셔도 취하는 신체 시스템 덕분에 적당히 기분이 좋아졌어요. 화장실에 가려고 일어섰는데 마치 기다리고 있었던 듯 웨이터가 달려와서 에이스를 안내했어요. 그리고는 화장실 문을 열어 주고 에이스가 나와 손을 씻으니까 수건을 건네주고, 에이스가 문을 열려고 하니까 문을 열어주더라고요. 그러더니 멈춰 서서 에이스에게 한 손을 내미는 거예요.

에이스는 주머니에 손을 넣었어요. 다행히 에이스 손에 뭔가가 하나 잡히는 것이 있었어요. 껌이더라고요. 에이스는 얼른 그 껌을 웨이터 손바닥 위에 올려놓았지요. 에이스는 그때 그 웨이터 표정을 잊을 수가 없어요. 화장실에서 볼일 보고 있는데 누군가 문을 열어 놀랐을 때 쳐다보는 그 표정이요. 황당함을 숨기기엔 이미 늦어 한 치의 거짓도 없이 얼굴 가득 자신의 감정을 드러낸 웨이터의 표정을 보니 에이스는 갑자기 언젠가 새우깡이 알려준 유머 시리즈가 생각났어요.

화장실에서 안에 누가 있는 줄 모르고 문을 열었을 때는 "저, 합석할까요?" 라고 말하는 게 최고라던.

에이스가 합석하자고 말했냐고요? 에이, 아무리 에이스가 에이스깡이 되어가고 있다고 해도 그건 아니죠. 에이스는 새우깡과 친구들이 있는 자리에 와서 웨이터에게 껌 준 이야기를 했어요. 친구들은 박수를 치며 웃었고 사브레 친구가 아까 그 웨이터를 불러 팁을 주더라고요.

에이스는 그때 알았어요. 웨이터가 손 내민 이유를. 그래도 천만다행은 웨이터가 내민 손을 에이스가 잡지 않았다는 거예요. 사실 에이스는 손을 잡아야 하나 말아야 하나 살짝 고민했었거든요.

다슬기 해장국

전혀 안 어울릴 것 같은 조합이었어요. 그런데 어느새 에이스는 소주와도 어울리게 되고 새우깡은 커피와도 어울리게 되었어요. 물론 아주 가끔이었지만요. 에이스와 새우깡은 그렇게 서로의 세계에 조금씩 빨려 들어가고 있었던 거지요.

싸움이요?

싸우지는 않았던 것 같아요. 싸우기엔 대학 졸업을 앞두고 에이스도 새우깡도 너무 바빴거든요. 교생 실습에 임용고시 준비로 각자의 일상에 잠시 스치듯 만나 서로의 지친 얼굴을 확인하는 것이 그 당시 만남의 전부였어요. 그렇게 에이스와 새우깡은 아이들을 가르치는 선생님이 되었고 애틋했던 연애의 마침표를 찍게 되었어요.

언제나 졸업식 때면 교장 선생님께서 하시던 말씀.

끝은 새로운 시작이라는.

교장 선생님의 말씀은 틀리지 않았어요.

에이스와 새우깡 연애의 끝은 결혼이라는 새로운 시작이었으니까요. 에이스와 새우깡은 결혼에 대한 생각까지도 완전 반대였어요. 새우깡은 '결혼할 사람과 연애한다!', 에이스는 '연애한 사람과 결혼해야 한다!' 였거든요. 에이스에게는 연애가 중요하고 새우깡에게는 결혼이 중요했던 거죠. 그래서였나 봐요. 새우깡이 에이스에게 뭐든 진심이었던 이유가. 한마디로 에이스에겐 무거운 연애였던 거죠. 그런 에이스가 새우깡과 결혼을 해야겠다고 마음먹은 데에는 이유가 있었어요.

다슬기 해장국. 그러니까 에이스와 새우깡의 연애의 끝에는 다슬기 해장국이 있었던 거예요. 붉은 실이 담긴 주머니를 차고 부부가 될 사람끼리 발을 묶어준다는 중매쟁이 월하노인. 월하노인은 정말 있는 걸까요?

어느 날 에이스와 새우깡은 작은 소라를 먹으며 길을 걷고 있었어요. 소라를 빼어 먹는 것은 매우 귀찮은 일이었지만 그 껍질 속의 짭조름한 국물은 귀찮은 것을 견딜만한 이유가 되기에 충분했어요. 에이스가 먹는 모습을 보고 새우깡이 자기 동네에선 다슬기를 올갱이라고 부르는데 올갱이 된장국이 정말 맛있다며 먹으러 가자고 했어요.

올갱이 된장국(다슬기 해장국)은 고속버스를 타고 가야 먹을 수 있었어요. 다슬기보다 새우깡과 고속버스 타는 것이 좋았던 에이스는 새우깡과 함께 버스를 타고 다슬기 해장국을 먹으러 갔어요. 새우깡이 말한 대로 다슬기 해장국은 에이스 입맛에도 괜찮았어요. 새우깡이 고속버스 시간에 맞추려면 일어나야 한다며 서둘렀어요. 에이스는 먹는 데 진심인 새우깡과 정말 다슬기 해장국만 먹고 다시 고속버스를 탔어요. 버스를 타고 얼마 안 됐을 때부터였어요. 에이스의 배가 살살 아파오기 시작했어요. 그러더니 급기야 식은땀이 맺히고 화장실을 안 가면 안 될 것 같은 위기 상황이 닥쳤어요.

에이스는 고속버스를 타고 있었고

에이스는 연애 중이었는데 말이죠.

"왜 이렇게 땀을 흘리는 거야? 어디 아파?"

새우깡의 물음에 에이스는 대답 대신 고개만 끄덕였어요. 말을 하면 금방이라도 무슨 일이 일어날 것만 같았거든요.

새우깡은 기사님께 고속버스를 세워 달라고 부탁을 하는 것 같았어요. 에이스는 눈에 보이는 것이 없었어요. 오로지 버스에서 내려야 한다는 생각밖에는.

기사님은 버스를 세워 주셨고 에이스와 새우깡은 버스에서 내렸고 그다음은 차마 말을 할 수가 없지만 그래도. 에이스는 달려라 달려라 달려라 하니가 되어 고속도로 인근 숲을 찾았고 결국 무질서 속에서 질서를 되찾아 가기 시작했어요.

그런데요, 끝날 때까지 끝난 것이 아니라는 말 아시죠?

휴지가 없었어요. 에이스가 다시 무질서의 혼란 속에서 이러지도 저러지도 못하고 있는데 이걸 찾고 있냐며 새우깡이 휴지를 던졌어요. 이제 에이스는 완벽한 질서를 되찾게 된 거죠. 하지만 질서가 주는 안정감도 잠시, 에이스의 얼굴이 화끈거리기 시작했어요.

부끄러움이 온전히 에이스의 몫으로 남아 있었던 거죠. 그래도 다행이었던 것은 어느새 날이 어두워져 있었다는 거였어요. 그때 새우깡이 에이스에게 물었어요.

"시원해?" 이 말은 "괜찮아?"라고 묻는 것보다 훨씬 에이스의 부끄러움을 감소시켜 주었어요. "시원해?"라는 물음은 이미 그런 경험이 있다는 거잖아요. 그러니까 에이스는 'yes or no'로 대답하기만 하면 되는 거였어요.

그렇게 에이스는 새우깡에게 볼 꼴, 못 볼 꼴 다 보여주고 그날 저녁 고속도로에 남겨졌답니다.

날은 점점 어두워 오고 서울로 가기에는 너무 멀었어요. 새우깡은 에이스에게 히치하이킹을 해서 자기 집으로 가는 방법밖에는 대안이 없을 것 같다고 했어요. 에이스와 새우깡은 고속버스를 타고 왔던 길을 다시 걸었어요. 다행히 사건이 고속도로에 진입한 지 얼마 지나지 않아 일어났기에 조금만 걸어가면 사람 사는 마을이 있었어요. 그래도 걷기에는 캄캄한 고속도로였고 에이스는 조금씩 무서워졌어요. 에이스는 처음 알았어요. 자연은 밤에 고요하지 않다는 것을. 고요한 밤은 거룩한 크리스마스에만 찾아오는 것이라는 것을. 그리고 밤에 기지개를 켜는 미확인 생물체들이 있다는 것을. 에이스는 갑자기 무언가가 툭 튀어나올 것만 같아서 자꾸만 새우깡 옆으로 붙었어요. 그때였어요. 분명 뭔가가 휙 지나갔는데 너무도 순식간에 일어난 일이어서 무슨 일이 일어났는지 알 수가 없었어요. 다만 에이스의 심장 박동수가 빨라지고 있었고 에이스 입술이 뜨거워지고 있었다는 것 말고는.

그렇게 에이스는 새우깡과 함께 영화에서처럼 길을 걷고 영화에서처럼 트럭을 얻어 타고 하면서 로맨스 영화를 찍었는데…. 갑자기 영화 장르가 바뀌었어요. 이건 도대체 무슨 장르일까요?

에이스깡

이번에는 새우깡 어머니, 아버님과의 첫 만남이 에이스를 기다리고 있었어요. 꾸민 것이라고는 옷을 입고 있는 것이 전부인, 야밤에 트럭 타고 찾아온 아들의 여자 친구를 새우깡 부모님께선 어떻게 생각하셨을까요?

새우깡 부모님들도 아들의 여자 친구에 대해 평소에 그리고 계시던 그림이 있었을 텐데 말이죠. 하지만 새우깡 부모님들은 에이스의 걱정과 두려움을 금세 따뜻함과 편안함으로 바꿔 주셨어요.

에이스는 새우깡 어머니께서 끓여주신 죽을 먹었어요. 엄마 생각이 났어요. 새우깡 어머니가 끓여주신 죽은 에이스가 아플 때 엄마가 만들어 준 죽과 맛이 똑같았거든요. 에이스는 그렇게 미래의 시어머니, 시아버님과의 첫 만남을 얼떨결에 마쳤어요. 그때였던 것 같아요.

　에이스가 새우깡과 결혼을 해야겠다고 생각한 것이.

　결혼이요? 결혼이 뭐 별건가요? 서로 다른 사람 두 사람이
만나 너는 내가 되고 나는 네가 되는 것. 그래서 둘이 하나가
되는 것이 아니라 영원히 평행선을 걷는 것. 에이스는 자꾸만
에이스 깡이 되고 새우깡은 자꾸만 에이 새우가 되는 것. 그
게 결혼 아닐까요? 다슬기 해장국 사건으로 에이스는 연애
끝 결혼 시작을 하게 된 거였어요.

　결혼식은 에이스에게 결혼을 마음먹는 것만큼이나 힘들었
어요. 에이스가 제일 못하는 일 중의 하나가 선택인데 결혼은
선택으로 시작해서 선택으로 끝나는 거였으니까요. 사실 에
이스와 새우깡은 어떤 선택을 해도 괜찮았는데, 결혼은 둘만
괜찮다고 괜찮은 것이 아니었어요. 수천수만의 선택과 합의
와 조정을 거쳐 결국 결혼식은 새우깡 동네로 살 집은 에이
스 동네로 낙찰이 되었어요. '딴 딴따다~ 딴 딴따다~'

　새우깡 엄마는 웃으셨고, 에이스 아빠는 우셨고, 에이스와
새우깡은 인사하느라 바쁜 결혼식이었어요. 에이스는 왜 사
람들이 결혼을 한 번만 하려고 하는지 그 이유를 알 것 같았
어요.

결혼식은 힘들었지만 결혼 생활은 생각보다 재미있었어요. 매주마다 신혼 집들이라는 이름으로 이어진 파티가 반년 가까이 계속되었거든요. 에이스는 여기저기 숨어있는 사람 찾기로 주말 아침을 맞이했어요. 다들 술의 힘으로 잠이 들어 다음 날 눈 뜨면 낯선 곳에서 잠들어 있는 자신을 발견하기 일쑤였어요. 에이스가 가장 기억에 남는 숨은 사람 찾기는 욕실 세숫대야를 뒤집어쓰고 욕실 문 뒤에서 잠든 사람이었어요. 에이스는 이럴 땐 절대 깨우면 안 된다는 것을 알고 있었어요. 서로 눈 마주치면 다시는 못 보게 되거든요. 슬며시 못 본 척 나오고 슬며시 가는 것. 이것이 에이스네 집들이의 불문율이었지요. 사람이 술을 마시는 것으로 시작해서 술이 사람을 마시는 것으로 끝나는 것이 에이스네 집들이었어요.

　맞아요. 새우깡이 사람이 아닌 것 중에서 좋아하는 딱 한 가지, 그게 술이었어요. 아마 에이스와 술, 둘 중에 하나만 택하라고 하면, 술에게 엄청 미안해 하며 "그래도 에이스지" 라고 할 걸요.

　그런데요, 그렇게 술 좋아하는 새우깡이 술 때문에 낭패를 보게 될 줄 누가 알았겠어요. 이른바, '새우깡 기선 제압 사건.'

결혼한 사람들은 웬만하면 다 알잖아요. 결혼하고 제일 중요한 게 기싸움이란 걸. 그날은 새우깡이 회식이 있어 늦을 거라고 했어요.

에이스는 혼자여서인지 잠도 오지 않고 해서 늦게까지 안 자고 새우깡을 기다렸어요. 밤 11시쯤인가 전화벨이 울렸어요.

"여보세요?"

"네, 여기 경찰서인데 새우깡 씨 댁 맞나요?"

"아, 네 그렇군요. 경찰서군요. 그런데요 여기 새우깡 씨 집 아닌데요."

에이스는 웃음소리가 수화기 속으로 들어갈까봐 조용조용 수화기를 내려놓았어요. 분명 또 전화벨이 울릴 테니까요. 그동안 새우깡 친구들에게 속은 장난 전화가 어디 한두 번이었어야 말이죠. 에이스는 이번에는 절대 속지 않으리라 다짐을 했어요. 아니나 다를까요. 다시 전화벨이 울렸어요.

"여기 경찰선데 새우깡 씨 핸드폰에 집이라고 저장이 되어 있어서요. 거기 새우깡 씨 댁 아닙니까?"

에이스는 애써 웃음을 참으며 "생각해 보니 여기가 새우깡 씨 집은 맞는데요, 우리 집에서는 이제 새우깡 안 키워요. 혹시 필요하시면 그쪽에서 키우시든가요."

여기까지 말하고 에이스는 도저히 웃음을 참을 수가 없어서 전화를 끊으려고 하는데, 수화기 너머에서 들려오는 소리가 에이스 웃음을 딱 멈추게 했어요.

"여보세요. 지금 장난하십니까? 잘 들으세요. 새우깡씨가 육교 밑에서 주무시고 계셔서 경찰서로 모셔 왔으니 데리고 가시든지 마시든지 알아서 하세요!"

'뚝' 전화가 끊어졌어요.

세상에나, 장난 전화가 아니었어요. 한달음에 경찰서로 달려간 에이스는 민망할 틈도 없이 새우깡을 경찰서로 데리고 온 경찰분을 만나 상황 설명을 들었어요.

"제가 순찰을 돌다가 발견했기에 망정이지 동사하실 뻔 하셨습니다. 이 추운 겨울에 육교 아래에 겉옷과 신발을 벗어 놓으시고 잠들어 계시더라고요."

에이스는 새우깡이 누워있는 의자로 갔어요. 그런데요 새우깡은 겉옷과 신발만 벗어 놓은 게 아니더라고요. 안경도 시계도 반지도 다 벗어 던져 버렸더라고요. 에이스는 기가 막혀서 아무 말도 나오지 않았어요.

그냥 반지가 아니었거든요. 결혼 반지와 시계였어요. 에이스는 새우깡을 깨웠어요. 하지만 아무리 흔들어도 새우깡은 일어나질 않았어요. 에이스는 두 손으로 새우깡의 뺨을 때렸어요. 에이스의 손바닥이 얼얼해질 때까지.

옆에서 보고 계시던 경찰분들이 새우깡을 부축해서 차에 태워주셨어요. 에이스는 새우깡이 누웠던 의자 옆에 가지런히 놓인 옷과 신발을 챙겼는데 신발 속에 있더라고요. 반지며, 시계며, 안경 모두가.

에이스는 집으로 오는 내내 새우깡의 술버릇을 어찌할까 고민하다가 결정을 내렸어요.

"그래, 잃어버린 걸로 하자!"

그래서 새우깡의 술버릇을 고쳤냐고요? 그럼요. 덤으로 새우깡은 술에 취해서 결혼 예물 잃어버린 남편이 되어 한참을 죄인으로 살았답니다. 아, 생각해 보니 그때부터였던 깃 같아요. 새우깡이 시계를 좋아하지 않게 된 것이 말이죠.

새우깡의 첫번 째 생일.

결혼하고 처음 맞이하는 새우깡의 생일이었어요.

어떤 사람은 생일이 뭐 대수냐고 하는 사람도 있지만, 에이스는 생일이라는 말에 특별한 의미를 부여하는 사람 중의 하나였어요. 한 사람의 역사가 시작된 날이잖아요.

그 시작이 없었으면 지금이 없는 거잖아요.

에이스에게 생일은 '세상에 태어나길 잘했구나!'라는 생각으로 하루 종일 사는 날이었어요. 그래서인지 결혼 후 처음 맞는 새우깡의 생일은 묘하게 에이스를 긴장시켰어요.

평소 같았으면 서로 얼굴도 못 보고 출근하기 바빴을 텐데 다행히 일요일. 에이스는 새우깡이 깨지 않도록 조용히 일어나서 아침을 준비했어요.

소리 나지 않게 준비하는 아침은 쉽지 않았지만 에이스가 차려 놓은 식탁을 보고 좋아할 새우깡의 모습을 생각하면 에이스는 콧노래가 절로 나왔어요.

이제 새우깡을 깨운 다음 새우깡 눈을 가린 채 식탁까지 데리고 나오는 일만 남았어요. 많이 피곤했나봐요. 에이스는 세상모르고 잠들어 있는 새우깡의 얼굴을 가만히 내려다봤어요. 에이스가 새우깡을 깨우려고 이마에 입술을 대려는 그 순간 새우깡이 눈을 번쩍 뜨더니 소리를 질렀어요.

"왜 나를 훔쳐보는 거야?"

이건 또 뭔가요? 왜 이러는 걸까요?

에이스는 깜짝 놀라 뒤로 물러나다가 침대에서 떨어져 허리를 삐끗했고 자다가 날벼락 맞은 새우깡은 하루 종일 에이스 허리를 찜질하면서 생일을 보내게 되었어요.

에이스는 준비한 생일 이벤트를 못 해 아쉽고 새우깡은 본의 아니게 에이스를 다치게 해 미안한 생일이었지만 그래도 새우깡에게는 세상에 태어나길 잘했다는 생각이 들었던 하루였어요. 그거면 된 거죠. 단 하루만이라도 온전히 세상의 주인이 된 것 같은 기분이 드는 것. 그게 생일의 가장 중요한 의미니까요.

아, 새우깡이 왜 소리를 질렀냐고요?

꿈을 꿨대요. 누군가 자기를 지켜보고 있다가 납치를 하는 꿈이었다나 뭐라나.

결혼 후 에이스와 새우깡은 분 단위로 시간을 쪼개서 살 만큼 바빴어요. 학교에서 가르치다가 학교 밖으로 나와 가르치기 시작했거든요. 에이스는 학교에서 아이들을 기르치는 동안 학교를 그만둘 이유가 매일 하나둘씩 늘어나는 신기한 경험을 했어요. 가르치는 것 말고는 다른 것을 생각해 본 적이 없는 에이스는 학교 밖에서 아이들을 가르치기로 했어요. 물론 새우깡과 함께였지요. 둘은 점점 바빠졌고 집은 잠시 머물면서 씻고 자는 하숙집이 되어갔지만, 에이스와 새우깡은 자신들의 방법대로 아이들을 가르칠 수 있어서 힘든 줄 몰랐지요.

세상의 아이들은 두 종류가 있어요. 이미 배운 아이와 아직 못 배운 아이.

방학 때가 되면 에이스와 새우깡의 집은 전지훈련장이 되었어요. 가르치는 아이들 모두를 일주일 단위로 나누어 에이스 집에서 합숙을 시켰거든요. 하얀 전지에 하루 일과표를 작성해서 거실에 붙여놓고 방학을 보냈어요.

오전에는 각자 학교나 학원을 가고 매일 저녁에 모여 모의고사 풀고, 틀린 문제 질문받고 체크하고, 합숙 끝나는 날은 옥상 고기 파티.

국어를 가르치는 에이스와 수학을 가르치는 새우깡이었기에 가능했던 자기 주도 학습의 끝판왕이었지요.

에이스는 아침마다 계란 프라이 한 판씩을 하며 영혼 없는 뒤집기를 하다가 아이들에게 너무 많이 먹는 거 아니냐고 투덜거리긴 했지만, 그래도 그냥 빈속으로 가지 않고 식빵에 계란 프라이 얹어 몇 개씩 꼭꼭 챙겨 먹고 가는 아이들이 얼마나 고맙고 예뻤는지 몰라요. 생각해 보면 열정이란 단어 말고는 그때 그 시간을 대신할 수 있었던 말은 없었던 것 같네요. 가르침이라는 단어가 참 반짝거렸던 시간이었어요.

육개장과 단팥빵

바람막이 재킷도 이젠 덥다고 느껴지던 어느 봄날이었어요. 에이스의 콧속으로 들어온 봄꽃 향기는 에이스의 온몸을 꽃향기로 가득 채워 숨을 쉴 때마다 봄 냄새가 나는 것 같았어요. 에이스는 갑자기 육개장이 먹고 싶어졌어요. 그리곤 이내 봄 내음 가득한 입안에 침이 가득 고였어요.

에이스는 육개장이 계절과 참 안 어울린다는 생각을 했지만 자꾸 육개장이 눈에 아른거려 새우깡과 이른 점심을 먹으러 가기로 했지요. 에이스가 육개장을 먹으러 가자고 한 건 순전히 새우깡을 생각하는 에이스의 배려인 줄 알았는데 아니었나 봐요. 새우깡이 한 번 국물을 떠먹을 때 에이스의 숟가락은 두 번 왔다 갔다 했어요. 결혼은 입맛까지도 닮아가는 건가 봐요. 새우깡은 육개장 먹기에 진심인 에이스를 보며 에이스 숟가락에 반찬을 얹어 주었어요.

그해 봄은 그렇게 유난히 달라진 에이스 입맛을 따라 지나가고 있었지요.

그런데요 세상 모든 변화에는 이유가 있는 거였어요.

새우깡은 함께 지내며 같은 음식을 먹으면서 에이스의 입맛이 달라진 거라 생각했는데 그러기엔 에이스가 찾는 음식의 종류가 예전과 달라도 너무 달랐어요.

달라진 것은 음식의 취향만이 아니었어요. 에이스는 몸도 많이 약해진 것 같았어요. 기댈 곳만 있으면 눈을 감는 에이스를 보면서 새우깡은 너무 걱정이 되어 종합 검진 예약을 했어요.

그래서 알게 된 거였어요.

정말로 에이스 몸에 변화가 생기고 있다는 것을.

에이스 만세!

생명의 신비는 다큐멘터리 프로그램 이름인 줄만 알았는데 아니었어요.

에이스가 먹는 것을 먹고 에이스가 보는 것을 보는 에이스 닮은 아이가 에이스 안에 자라고 있다는 사실은 에이스를 자꾸만 좋은 사람이 되게 했어요. 에이스는 아이를 햇님이라고 부르기로 했어요. 에이스는 햇님이 덕분에 물에도 냄새가 있다는 것을 알게 되었어요. 세상은 온통 냄새로만 이루어져 있는 것 같았어요. 그렇게 후각에게 내주었던 다른 모든 감각이 제자리를 찾을 때쯤 에이스의 입맛이 다시 살아나기 시작했어요. 에이스는 새우깡에게 음식 심부름을 마음껏 시킬 요량으로 엄마가 먹고 싶은 음식을 먹지 못하면 나중에 눈이 짝짝이인 아이가 태어난다고 말해주었어요. 물론 새우깡은 에이스가 먹고 싶다는 음식은 그것이 모기 눈알이라도 사다 줄 용의가 있었지요. 에이스는 자려고 누웠는데 갑자기 단팥빵 생각이 나는 거예요. 새우깡을 깨울까 하다가 밤이 늦어서 내일 사다 달라고 해야겠다 생각했어요. 그날 밤 에이스는 꿈을 꿨어요. 하늘에서 단팥빵이 수도 없이 떨어지는 꿈이었어요. 에이스는 먹어도 먹어도 줄지 않는 단팥빵에 파묻혀 단팥빵이 물릴 때까지 단팥빵을 먹다가 꿈에서 깼어요. 그렇게 꿈에서 깼는데 단팥빵 먹고 싶은 생각이 하나도 나지 않았어요. 신기하게도 에이스가 먹고 싶은 음식을 생각하면 꿈에서 실컷 먹고 잠에서 깨면 그 음식 생각이 깨끗이 사라졌어요. 결국 새우깡은 입덧 심부름 다니는 남편 코스프레 경험은 할 수가 없었지요.

햇님이

햇님이가 에이스를 찾아온 그 순간부터 에이스 마음에는 봄이 시작됐어요. 여름엔 그 봄이 자라고 가을엔 봄이 익어 갔지요.

햇님이 덕분일까요?

에이스는 눈 뜨고 보는 모든 것들의 짧은 순간들이 궁금해지기 시작했어요.

봉우리가 막 피기 시작한 꽃잎,

색깔이 막 바뀌기 시작한 나뭇잎,

그리고 햇님이가 에이스에게 봄이 된 그 순간.

생각해 보면 행복했던 기억은 모두 순간으로 기억되는 거였어요.

에이스는 자기도 모르는 사이에 에이스 뱃속에 터를 잡게 된 햇님이에게 좋은 기억들을 많이 만들어 주고 싶었어요. 에이스가 햇님이를 부를 때면 햇님이의 이름이 바람을 타고 에이스 머릿속으로 들어와 찰랑거렸어요. 에이스는 그 찰랑거림이 좋아 하루에도 몇 번씩 햇님이를 불렀지요.

그렇게 햇님이는 에이스의 뱃속에서 에이스와 새우깡의 무한 사랑을 받으며 무럭무럭 커가고 있었어요.

시간이 지나면서 풍선처럼 부풀어 오르는 에이스의 배를 보며 새우깡은 자기도 모르게 자꾸 숨을 참았어요. 왠지 새우깡이 '후'하고 깊은숨을 내쉬면 에이스의 배가 '펑' 하고 터질 것만 같았거든요.

정기 검진을 받으러 간 날 의사 선생님께서 조산 위험이 있으니 아무것도 하지 말고 침대에 누워만 있는 것이 좋을 것 같다고 하셨어요. 햇님이가 세상에 나오기엔 아직 한 계절이 더 남아 있었어요. 에이스는 휴직계를 내고 의사 선생님 말씀대로 집에서 꼼짝 않고 누워만 있었지요.

그래서였나 봐요. 햇님이가 너무 커져 버렸어요.

햇님이는 이제 에이스에게 제목 같은 존재가 되었어요. 에이스의 삶에서 모든 걸 제치고 언제나 앞에 놓였거든요. 노을이 키스를 퍼붓기 시작해 부끄러워진 세상이 붉게 물든 어느 저녁이었어요. 햇님이가 무럭무럭 크는 만큼 에이스는 자꾸 자꾸 힘이 들었어요. 조금만 움직이면 달리기를 한 것도 아닌데 숨이 턱까지 차오르고 갑자기 찐 살로 피부는 터지고 머리카락은 빠지고. 가끔 너무 힘이 들 때 가만히 앉아 배를 쓰다듬고 있으면 햇님이도 에이스의 배를 톡톡 찼어요. 세상에는 이렇게 전하는 위로도 있었어요. 햇님이의 위로는 에이스에게 자꾸만 햇님이를 지켜주고 싶게 했어요.

살다 보면 일기예보가 가끔 틀리기를 바랄 때가 있잖아요. 에이스는 의사 선생님께서 말씀해 주신 햇님이의 예정일이 틀리기를 바랐어요. 예정일대로라면 햇님이는 세상에 나오자마자 다음 날 두 살이 되는 거였거든요. 어렸을 때야 떡국 한 그릇 더 먹고 늘리고 싶은 것이 나이지만, 진짜로 나이가 들어가면 나이 한 살 어린 것이 재산이잖아요. 에이스는 햇님이에게 언제나 "조금만 더 기다려줘."라고 말했어요.

드디어 햇님이의 예정일이 다가오고 있었어요.

그런데 햇님이가 에이스의 말을 들었나 봐요.

예정일이 지나고 새해가 밝았어요.

정말로 햇님이는 에이스 뱃속에서 조금 더 기다리고 있었던 거였어요.

"이제 나가도 될까요?"

햇님이가 신호를 보냈어요.

한 시간에 한 번, 삼십 분에 한 번, 십오 분에 한 번, 그렇게 간격을 좁히면서. 열 달을 참았던 그리움의 시작은 아픔이었어요. '이보다 더 고통스러울 수는 없다.'

에이스는 예고된 고통을 견디기 위해 그동안 준비했던 호흡법을 총동원하면서 아픔의 간격이 삼 분이 될 때까지 참고 참고 또 참았어요.

새우깡은 에이스 옆에서 연필을 들고 시간을 체크했어요. 에이스가 아파서 소리 지를 때마다 시간을 적었어요. '대신 아팠으면 좋겠다.' 새우깡은 할 수만 있다면 그러고 싶었어요. 새우깡은 사랑하는 사람의 고통을 지켜보는 것이 얼마나 큰 고문인지 그때 알았어요.

드디어 삼 분.

집에서 아플 만큼 다 아프고 삼 분 간격으로 진통이 오기 시작했을 때 에이스는 병원으로 갔어요.

그런데요 에이스가 이보다 더 아플 수는 없다고 생각한 건 착각이었나 봐요. 병원에 도착하니, 잠깐 숨 쉴 수 있는 시간만 빼고 계속 진통이 찾아왔어요. 에이스는 머리카락의 무게조차 버겁다는 생각을 했어요. 하늘이 노래져야 아이가 나온 다는 엄마의 말은 틀리지 않았어요.

정말 하늘이 노래지면서 에이스는 정신을 잃었어요. 그렇 게 스물세 시간이 넘는 진통을 겪고 결국 수술대에 올랐지요.

햇님이 몸무게, 4.3kg. 자연분만으로 시간을 더 지체하기 엔 응급상황이었어요.

사실 에이스는 그때까지 햇님이 성별을 몰랐어요. 의사 선 생님에게 묻지 않았거든요. 그런데 그때 처음으로 에이스는 햇님이가 남자였으면 좋겠다는 생각을 했어요.

여자라면 이렇게 힘든 출산의 고통을 또 느껴야 할 테니까 요. 스물세 시간의 진통, 그리고 수술. 그렇게 얻게 된 말이 엄 마였지요. 그렇게 에이스는 엄마가 되었고 햇님이는 아들이 되었답니다.

"역시 외국 아이는 우리나라 아이보다 크네!"

에이스가 햇님이를 보러 신생아실에 갔을 때, 옆에 계신 할머니가 햇님이를 보며 하신 말씀이에요.

할머니는 다른 아이보다 한 뼘은 더 커보이는 햇님이를 외 국아이라 생각하셨던 거지요.

그랬어요. 에이스 눈에도 햇님이는 이제 막 태어난 아이가 아니라 태어난 지 한 달은 된 아이처럼 키도 크고 살도 통통

했어요. 햇님이는 순식간에 신생아실 연예인이 되었어요.

에이스는 햇님이를 본 순간 왜 엄마는 외계인인지 알 수 있었어요. 스물세 시간 진통의 기억이 한순간에 고통이 아니라 행복으로 바뀌는 것. 이것이 엄마가 외계인인 이유였어요.

그런데요. 출산이 끝인 줄 알았는데 그게 아니었어요. 수유를 위한 준비는 출산의 고통에 비할 게 아니었어요. 만약 둘 중의 하나를 택해야 한다면 스물세 시간을 다시 선택할 정도였으니까요.

'엄마니까 참는다.'

신기하게도 세상에는 학습 없이도 되는 것이 있었어요. 배우지 않아도 에이스는 이미 그 고통을 견디고 있었으니까요.

에이스는 엄마가 생각났어요.

'우리 엄마도 이렇게 힘들게 나를 낳고 기르신 거였구나…'

엄마.

엄마는 신이 모든 것을 돌봐 줄 수 없어서 대신 세상에 보낸 사람이라죠. 기쁠 때보다 슬프고 힘들 때 더 많이 생각나는 말. 단 두 글자로 세상 모든 자식의 마음을 가장 따뜻하게 위로해 줄 수 있는 말.

에이스는 이렇게 엄마가 되어가고 있었어요.

샌드

에이스가 햇님이의 이름을 불러 주었을 때 햇님이는 에이스에게로 와서 꽃이 되었어요.

그 꽃의 이름은 샌드.

바삭한 과자 속에 달콤한 크림이 숨어 있는 샌드.

한입에 그냥 먹어도 되고, 반으로 갈라 크림을 먼저 핥아 먹어도 되고, 가끔은 아이스크림 위에 올려 차갑게 먹어도 되는, 맛도 먹는 방법도 여러 가지인 샌드.

햇님이는 샌드였어요.

샌드가 다섯 살 때였던 것 같아요.

에이스는 킥보드를 타고 싶어 하는 샌드에게 킥보드를 사 주었어요. 그런데 샌드는 친구들 앞에서 킥보드를 타지 않는 거예요. 에이스는 샌드에게 물었어요.

"샌드는 킥보드 왜 안 타?"

"친구들은 높은 데서 킥보드 타고 내려오는데 나는 못 해요."

그러더니 몇 날 며칠을 새우깡과 킥보드를 타러 다녔어요. 샌드 역시 높은 곳에서 킥보드를 타고 아래로 내려올 수 있게 되자 그제야 친구들과 같이 킥보드를 타고 놀았어요.

그때 알았어요. 샌드는 선행이 필요한 아이라는 것을. 한, 두 개만 알아도 열 개를 아는 것처럼 말하는 아이가 아니라 열한 개를 알아야 부끄러워하지 않고 열 개를 말하는 아이라는 것을.

어느 날인가 밥을 먹으며 샌드가 말했어요.

"엄마, 나는 나중에 내가 정말 가고 싶은 회사가 있으면, 그 회사가 아닌 다른 회사에 갈 거예요."

가고 싶은 회사가 있는데 다른 회사를 간다고요. 이건 또 무슨 뚱딴지같은 소리인가요.

"왜, 다른 회사를 가? 그럼 가고 싶은 회사는 언제 가는데?"

"난, 내가 진짜 가고 싶은 곳에서 대장이 되고 싶은데 처음에는 대장을 할 수 없잖아요. 그러니까 다른 회사에 가서 쫄병으로 시작을 해서 대장이 된 다음에 내가 가고 싶은 회사에 가서 대장을 할 거예요."

샌드는 완벽한 성향을 지녔다기보다는 완벽하게 되기까지의 과정을 드러내기 싫어하는 아이였지요.

"오늘 하루 재미있었어?"

"선생님이 내 말을 잘 안 들어주셔요."

에이스는 그때 샌드의 말을 귀담아들었어야 했어요.

생각해 보니 그즈음 에이스는 샌드 선생님들에게 "아이가 궁금한 것이 많네요.", "수업 시간에 집중은 잘하는데 어떤 경우에는 눈에 띄게 산만해요." 라는 말을 자주 들었어요.

'말하는 것 좋아하고, 아니면 아니라고 반드시 말하고 지나가는 샌드가 그동안 얼마나 힘들었을까?'

에이스는 질문의 중요성을 알지만 학교 수업에서 질문이 차지하는 자리가 크지 않음을 이미 알고 있었어요. 앞으로도 샌드의 많은 질문은 외면당할 것이고 그러다 보면 남과 다른 자신의 소중한 생각을 틀린 것으로 간주하게 될 것이 분명했어요.

에이스는 새우깡과 진지하게 고민한 끝에 영어 공부도 시킬 겸 샌드의 교육환경에 변화를 주기로 했어요.

유학.

이제 남은 것은 샌드의 결정뿐이었지요.

"엄마, 나는 병 속에 갇혀 있는 것 같아요. 뛰고 싶은데 머리가 자꾸 병뚜껑에 닿아서 뛸 수가 없어요."

에이스와 새우깡이 유학에 대한 샌드의 생각을 묻자 샌드는 대답 대신 이렇게 말했어요. 에이스는 결정을 미룰 이유가 없었지요.

떠날 때는 샌드와 함께여서 새로운 세계에 발을 들여놓는다는 설렘이 전부였는데 샌드를 두고 에이스 혼자 돌아오는 길은 20시간 넘는 비행 내내 울기만 했을 정도로 걱정뿐이었어요.

다행히 샌드는 좋은 선생님과 진구들을 민나 에이스와 새우깡의 걱정은 조금씩 줄어들었어요. 걱정 대신 그 자리에 그리움이 매일매일 쑥쑥 자라났지만 견딜 수 있었어요. 전화기 너머로 들려오는 샌드의 목소리에서 하루가 얼마나 재미있는지 느낄 수 있었거든요. 그러던 어느 날 샌드 학교 esl 선생님에게 메일이 왔어요. 샌드가 일주일 내내 점심시간에 식당 문을 잡고 있느라 점심을 먹지 않아 걱정했는데 그 이유가 자신을 감동시켰다는 내용이었어요. 아이가 멀리 있다는 건 부모로서 지금 아이에게 생긴 일의 무게를 가늠할 수 없다는 거예요. 샌드는 왜 점심시간에 점심을 먹지 않고 식당 문을 잡고 있는 있었던 걸까요?

- 식당 문이 닫히지 않게 잡고 서 있으면 우리 학교 모든 친구들이 지나가면서 나에게 고맙다고 인사를 해요. 나는 친구들이 웃으면서 나에게 인사해 주는 것이 좋아요. 나는 친구들과 빨리 친해지고 싶어요. 일주일 동안 식당 문을 잡고 서 있었더니 이제 우리 학교 친구들이 나를 다 알아요. -

메일에 적힌 점심을 먹지 않은 이유에 대한 샌드의 대답. 에이스는 선생님이 감동한 이유를 알 수 있었어요. 에이스 역시 선생님과 같은 마음이었고요.

샌드가 친구들에게 자신을 알리는 방법으로 선택한 것은 식당 문 열어주며 인사하기였던 거였어요.

에이스는 이제 샌드가 머리가 병뚜껑에 닿을까 봐 걱정되어 뛰지 못하는 일은 없을 것 같다는 생각을 했어요.

샌드 만세!

유색인에 대한 차별. 겪었더라고요. 샌드도.

발단은 플루트이였어요. 학교 음악 선생님이 에이스에게 샌드가 플루트를 배웠으면 좋겠다며 레슨비와 악기 구입비에 대한 안내를 메일로 보냈어요. 에이스는 선생님께 정중히 거절 메일을 보냈어요. 샌드가 그 선생님께 플루트 배우는 것

을 원하지 않았거든요. 에이스가 이유를 물었더니 그 선생님
께 플루트를 배우려면 자기가 참아야 할 것이 많기 때문이라
고 하더라고요.

그때부터였나 봐요. 샌드에 대한 선생님의 보이지 않는 차
별이 시작된 것이.

샌드도 느꼈겠지요. 그러니까 선생님께 그런 제안을 했던
거고.

"선생님 저랑 플루트 불기 내기하실래요? 선생님이랑 저
랑 플루트를 불고 친구들의 박수를 더 많이 받은 사람 소원
들어주는 걸로요."

결과는 샌드의 승! 샌드는 자기가 플루트를 더 잘 불어서
아이들에게 박수를 더 많이 받은 것이라고 하지만, 아이들에
게 음악 선생님의 인기가 없었기 때문이란 걸 에이스는 알고
있었지요.

샌드의 소원이요?

샌드의 소원은 다음번 음악 수업 시간을 샌드에게 맡겨 달
라는 것이었어요. 소원을 들은 아이들의 박수 소리는 더 커졌
고 선생님도 샌드의 엉뚱한 소원을 들어줄 수밖에 없었지요.
약속은 약속이니까요.

음악 시간이 돌아왔어요. 샌드는 재미있는 시간을 만들기 위해 준비를 많이 했어요. 샌드가 좋아하는 음악가 이야기, 친구들과 함께할 수 있는 게임, 만들기 등등. 그런데 수업을 시작하고 한참이 지나도 선생님은 샌드에게 시간을 주지 않았어요. 결국 아이들의 성화로 수업 시간이 끝나기 십 분 전에 선생님은 샌드에게 자리를 내주었고 샌드는 준비했던 모든 것들을 십 분동안에 친구들에게 보여주어야 했지요. 에이스는 궁금했어요. 샌드가 왜 수업 시간을 선물로 달라는 소원을 말했는지.

샌드의 이유는 단순했어요.

"아이들이 슬퍼 보여서 웃겨 주고 싶었어요." 샌드는 이미 알고 있었어요.

Simple is the best!

캐러멜과 쿠크다스

샌드네 반 짝을 정하는 날이었어요.

방법은 의자 두 개를 가운데 놓고 한 친구가 먼저 가서 앉으면 그 친구와 짝이 되고 싶은 친구가 옆자리에 앉는 것이에요.

샌드는 캐러멜이 의자에 앉으면 그 옆자리에 앉을 생각이었어요. 네모지게 생겼지만 마음은 동그라미인 캐러멜은 아직 말은 안 했지만 샌드가 좋아하는 여자 친구예요. 샌드는 먼저 나가 앉을까도 생각했지만 혹시 캐러멜이 나오지 않거나 다른 친구가 샌드 옆자리에 앉을까 봐 -점심시간, 음악 시간 사건으로 샌드는 자신의 인기를 실감하고 있는 중이었거든요.- 캐러멜이 나가 앉을 때까지 기다렸어요. 그런데 아무리 기다려도 캐러멜은 나오지 않았어요. 샌드와 캐러멜 둘이 남을 때까지. '어쩔 수 없이'가 아니라 이런 걸 운명이라고 하는 것, 맞죠? 샌드는 그렇게 운명적으로 캐러멜을 만난 거였어요.

짝이 되었을 때 캐러멜이 말했어요.

"네가 나올 때까지 기다렸는데 아무리 기다려도 네가 나오지 않아 눈물이 날 뻔했어." 캐러멜은 샌드와 같은 전략을 짰던 거예요.

샌드는 울지도 않은 캐러멜의 눈물을 닦아주며 앞으로는 절대 캐러멜을 슬프게 하지 않겠다고 다짐했답니다.

사실 캐러멜은 샌드의 첫 번째 여자 친구는 아니었어요. 에이스가 생각하는 샌드의 첫 번째 여자 친구는 샌드 초등학교 1학년 때 같은 반 친구였던 쿠크다스였어요. 쿠크다스처럼 하얀 얼굴에 부드러운 목소리를 지닌 친구였지요. 체육 대회날이었어요. 학년 별 공연이 펼쳐졌는데 1학년은 소고 춤이었어요. 소고춤은 모자부터 옷까지 준비할 것이 많아, 공연 시작 전에 부모님들의 도움이 필요하다는 담임 선생님의 공지를 미리 받았기에 에이스는 샌드네 교실로 갔어요. 옷 갈아입느라 정신이 없는 많은 아이 속에서 유독 느긋하게 아무것도 하지 않고 가만히 서 있는 아이가 있었는데 가서 보니 샌드였어요. 머리부터 발 끝까지 완벽한 복장을 갖춘 쿠크다스가 샌드 옷을 입혀주고 있는 거였어요. 에이스는 그때 그 샌드의 평화로웠던 표정을 잊을 수가 없었어요.

'너에게 나를 맡긴다'

딱 그 느낌이었죠.

에이스 역시 엄마보다 알뜰히 샌드를 챙겨주는 쿠크다스를 샌드와 똑같은 표정으로 서서 지켜봤어요.

그런 쿠크다스가 전학을 갔으니 샌드는 더 이상 자신을 맡길 친구가 없었던 거죠. 지금 생각해 보니 샌드가 유학을 가기로 결정한 데는 쿠크다스 영향도 조금은 있었던 것 같네요. 에이스 기억엔 그 뒤부터 샌드 인생에 여자 친구가 없었으니까요.

그런데 드디어 샌드에게 두 번째 여자 친구가 생긴 거예요. 국적도 언어도 다른 여자 친구가. 에이스는 그때 알았어요. 아들의 여자 친구가 얼마나 엄마의 가슴을 설레게 하는지. 세상에나… 샌드와 캐러멜의 만남은 도대체 몇 사람을 설레게 한 걸까요?

캐러멜 부모님들도 에이스와 새우깡만큼 설렜을까요? 샌드 가디언 부모님들도 샌드를 플레이 데이트 장소로 데려다주며 설렜을까요?

에이스는 샌드가 들려주는 캐러멜 이야기로 매일이 설렜어요.

그렇게 샌드와 캐러멜은 여덟 명의 어른을 설레게 하며 서로의 여자 친구와 남자 친구가 되어 꿈꾸는 하루하루를 보냈답니다.

샌드는 만들어진 자리를 찾아가는 아이가 아니라 자신의 자리를 만드는 아이였어요. 그래서 이미 정해져 있는 자리에 자신의 몸을 자르고 붙여서 앉아야 하는 교육이 샌드에겐 불편했던 거죠. 샌드가 새로운 자리를 찾아 떠난 지 일 년이 될 때쯤, 에이스는 샌드에게 편지 한 통을 받았어요. 겉봉투에 적힌 샌드 이름에서 샌드 냄새가 났어요.

엄마에게

엄마, 잘 지내고 있지?

나도 잘 지내고 있어.

엄마, 나는 미국에 오기 전까지 자리가 불편하면 그 자리를 떠나는 방법만 있는 줄 알았어. 그런데 내가 몰랐던 것이 있더라고. 내 자리를 만드는 것이 꼭 새로운 자리를 찾아야만 하는 것은 아니라는 거. 그리고 새로 찾은 자리도 처음에는 불편할 수 있고, 불편한 자리라고 다 피할 수 있는 것은 아

니라는 거. 그럴 땐 사람이 아니라 자리를 줄이거나 늘리는 방법이 있다는 것을. 그런데 엄마 진짜 신기한 게 뭔지 알아? 내 자리를 편하게 만들기 위해 시도하는 일들이 여기에선 다른 친구들에게도 재미를 준다는 거야. 한국에서는 내 자리를 넓히면 다른 친구 자리가 줄어드는 기분이었는데 여기서는 내 자리가 넓어지면 다른 친구 자리도 넓어져서 기분이 좋아.

에이스는 샌드가 집에 올 때가 된 것 같다는 생각을 했어요. 샌드는 이제 세상은 넓고 설 자리가 많다는 것을 알았으니까요.

샌드는 그렇게 자기 자리 찾는 법을 배웠고, 그 자리에 어울리는 사람으로 자랐어요. 캐러멜이요?

에이스가 괜찮냐고 물으니 샌드가 그러더라고요.

"캐러멜은 미국에 있어. 난 한국에 있고."

그러니까 달라지는 건 없다는 걸까요? 아니면, 그래서 헤어질 수밖에 없다는 걸까요? 에이스는 궁금했지만 물어보지 않았어요. 분명한 것은 캐러멜이 샌드의 추억이 되었다는 것이니까요.

에이스는 캐러멜과의 추억이 샌드에게 기억하고 싶은 것을 넣어 아름답게 포장한 선물이 되기를 바랐어요.

토마토주스

한국으로 돌아온 샌드는 몸도 마음도 부쩍 자란 것 같았어요. 말 잘하고, 낯선 곳에 적응 잘하고, 문제 해결력 있고. 에이스는 샌드가 커서 외교 일을 했으면 좋겠다고 생각했어요. 에이스는 샌드에게 외교관이 어떤 일을 하는지 알려주고 싶어 인터넷 검색을 하다가 외교 통상부 견학하는 프로그램이 있어 신청을 했어요. 그런데 도착해 보니 거의 중·고등학생 이상이고 초등학생은 샌드밖에 없는 것 같았어요. 에이스는 샌드가 집에 가자고 말할까 봐 조마조마했는데 다행히 가자는 말은 하지 않더라고요.

외교 통상부 견학 프로그램은 현직 외교 통상부 직원들이 현장에서 일하는 모습을 볼 수 있고 궁금한 것은 그 자리에서 질문도 할 수 있어서 좋았어요. 실제로 현장 견학생끼리

모의국회를 열어 자신의 의견을 말하기도 하고 그것을 토대로 브리핑을 하기도 했어요. 마이크를 잡고 포즈를 취하는 샌드를 보면서 에이스와 새우깡은 바쁜 시간을 쪼개서 온 보람이 있다고 생각했어요. 견학의 마지막 일정은 다과회였어요. 다과를 즐기면서 평소 궁금한 것들을 질문하는 시간이었지요. 샌드는 접시에 과일과 과자를 담아왔어요. 그리고 주스도 한 잔 따라 마셨어요. 에이스와 새우깡은 샌드가 색다른 이 프로그램을 통해 많은 것을 배웠을 거라 생각했어요. 에이스는 집으로 오는 길에 차 안에서 물었어요.

"샌드야, 오늘 어땠어?"

"좋았어."

"뭐가 좋았는데? 샌드가 뭘 느꼈는지 궁금해."

"엄마, 나 원래 토마토 주스를 안 먹었잖아. 근데 아까 토마토 주스가 맛있어 보여서 먹어봤더니 정말 맛있었어. 난 오늘 토마토 주스가 맛있다는 것을 느꼈어. 엄마 토마토 주스 사 가지고 가면 안 돼요?"

"아, 그렇구나. 토마토 주스가 맛있다는 것을 깨달았구나."

역시. 우리 샌드는 최고였어요.

에이스와 새우깡은 눈높이 교육의 중요성을 다시 한번 깨달았어요.

아무거나

　에이스는 선택을 잘 못했어요. 늘 선택하고 나면 선택하지 않았던 남의 떡이 커 보였어요. 딱 한 번 에이스가 선택한 떡이 커 보인 적이 있었는데 그게 바로 새우깡이었어요. 그래서인지 에이스는 '아무거나'라는 말을 잘 썼어요. 제비뽑기나 사다리 타기를 할 때조차도 아무거나 선택한 것이 에이스의 선택보다 나았거든요. 그런데요, 아무거나 선택해도 괜찮았다는 건 선택지가 모두 비슷했기 때문이었다는 것을 에이스는 샌드를 키우면서 알게 되었어요. 샌드는 언제나 정반대의 선택지를 가지고 있었거든요.

　50:50

　외향적인가 하면 내성적이고 이성적인가 하면 감성적이고. 제일 힘들었던 것이 샌드 고등학교 때 이과 문과 정하는 거였어요. 몇 년 새 의미 없어진 검사가 됐지만 학교에서 이과 성향, 문과 성향 검사를 했는데 샌드는 검사지에서조차 이과적 성향과 문과적 성향이 50:50으로 나오더라고요.

50:50

바로 그 경계선에 샌드가 있었어요.

아무거나 선택하며 살았던 에이스 인생에 드디어 아무거나 선택할 수 없는 일이 생긴 거죠. 물론 에이스 인생은 아니었지만 그러기에 더욱 아무거나 선택할 수 없는 거였어요. 그런데 에이스가 모르고 있는 것이 있었어요. 선택은 에이스가 아니라 샌드가 해야 하는 것이며 샌드는 이미 그걸 알고 있다는 거였지요. 샌드는 에이스가 진혀 생각히지 못한 선택을 했어요. 에이스가 이쪽 50과 저쪽 50중에 무엇을 선택할까 고민하는 중에 샌드는 50:50 가운데 보이지 않는 선을 선택한 거였어요. 샌드는 영화감독이 되고 싶다고 하더라고요. 에이스와 새우깡이 한 번도 가본 적 없는 낯선 길. 그것이 샌드가 선택한 길이었어요. 샌드는 유재석 같은 사람이 되고 싶다고 했어요. 유재석 같은 사람은 어떤 사람을 말하는 걸까요? 지금 생각해보니 샌드는 이미 알고 있었던 것 같아요. 폴리매스형 인간이 세상을 주도하게 될 것이란 걸 말이죠. 에이스는 두려웠어요. 샌드는 에이스가 한 번도 가 보지 않은 길을 가려고 하는 것 같았거든요. 그때 에이스는 뒤에서 지켜보며 밀어 주는 부모 역할을 택했어야 했어요. 그렇다면 샌드가 좀 더 빨리 꿈꾸는 삶을 살았을 수도 있었을 테니까요. 에이스는 샌드가 원하는 부모가 아니라 에이스가 원했던 부모를 택했던 것 같아요. 에이스는 자라는 내내 앞에서 끌어주는 부모님이 부러웠었거든요.

어릴 적 에이스는 피아노도 배우고 싶고 그림도 그리고 싶고 무용도 배우고 싶었어요. 하지만 에이스 엄마는 공부 잘하는 딸을 원하셨던 것 같아요.

"너, 딴따라 될 거야?"

이 한 마디면 끝났어요. 어린 에이스는 딴따라가 뭔지도 모른 채 딴따라는 절대 하면 안 되는 것이라 생각하고 배우고 싶었던 마음을 접었어요. 지금 생각하면 그때 한 번은 물어봤어야 했는지도 모르겠어요.

"엄마, 딴따라가 뭐예요?" 라고 말이죠. 하지만 에이스는 엄마를 이해해요. 회사원 월급으로 아이 셋을 키우는 것이 보통 힘든 일이 아니었다는 걸 이젠 에이스도 알았으니까요.

에이스 엄마는 '딴따라'라는 말에 그 모든 하기 어려운 말을 모두 담았던 거였어요. 그래서였을 거예요.

에이스는 샌드가 가고 싶은 길이 아니라 샌드가 가야할 길을 미리 닦아놓고 늘 샌드보다 앞에서서 샌드를 이끌었어요. 샌드는 언제나 자기보다 저 만치 앞에 서서 가고 있는 에이스를 쫓아 가느라 얼마나 힘이 들었을까요.

한 번 쯤은 뒤돌아 볼 수도 있었을 텐데. 그러면 샌드가 가끔은 서있을 때도 있고, 가끔은 숨이 턱에 찰 때까지 뛰느라 정작 봐야할 것을 아무 것도 못보고 헉헉대며 달리기만 한다는 것을 알았을텐데.

왜 그땐 그걸 몰랐을까요?

전국노래자랑과
위대한 탄생

어느 날인가 새우깡이 바쁘게 집에 오더니 갑자기 전국노래자랑 응원을 간다는 거예요. 그때가 아마 샌드 중학교 2학년 때였던 것 같아요.

에이스가 물었어요.

"전국 노래자랑? 누가 나오는데?"

"샌드가 엄마에게 비밀이라 해서 말을 안 했는데 사실, 샌드 전국 노래자랑에 출전했어. 이번에 우리 동네에서 촬영했거든."

세상에나 이게 무슨 일이래요. 에이스는 새우깡에게 들은 이야기를 되짚어 봤어요. 그러니까 샌드가 전국노래자랑 오디션을 봤고, 예선 통과를 했고, 그래서 지금 새우깡이 응원을 하러 간다는 내용이었어요.

에이스는 궁금했어요. 왜 샌드가 자신에게 비밀로 해달라고 했는지.

"그런 일이 있으면, 미리 말을 하지. 같이 응원가게."

"엄마가 반대할 수도 있으니까 본선까지 붙으면 그때 말한다고. 그 전엔 비밀이라고 해달라던데."

다행인지 불행인지 샌드는 본선에서 탈락을 해서 전국노래자랑 사건은 에이스에겐 영원한 비밀로 남겨졌지요.

오디션 이야기를 하니까 에이스 머리에 하나 더 떠오르는 것이 있네요. 유난히 오디션 프로그램이 많았던 코로나 시대에 대학생이 된 샌드가 지나가듯이 한 밀이 지나치게 오래 남아 에이스는 한 번도 tv 오디션 프로그램을 보지 않았어요. 새우깡은 샌드가 본 오디션이 전국노래자랑 한 번뿐인 줄 알지만 사실 하나가 더 있었답니다.

위대한 탄생. 샌드가 참가한 오디션 프로그램 이름이에요.

찾아보니 이 프로그램은 한국, 미국, 중국, 일본, 태국 등에서 지역별 1차 예선을 통과한 참가자들이 2차 예선을 거치고 유투브 글로벌 오디션까지 통과한 후 2박3일 캠프에 참가하는 20명을 뽑는 방식이었어요.

샌드는 지역별 1차 오디션을 통과했는데 2차는 포기했다고 하더라고요. 에이스가 이유를 물었더니 샌드가 그랬어요.

"분명 엄마가 입시 앞두고 다른 데 신경 쓸 시간이 어디 있 냐며 못 하게 할 것이 뻔하니까 말 안 했지요. 그냥 제 실력이나 알아본 거예요. 걱정 마세요."

에이스는 예선 통과했으면 반대 안 했을 거라 말하며 웃고 넘겼지만 많이 아쉬웠답니다. 만일 그때 반대하지 않았다면 샌드는 지름길을 선택해 좀 더 빨리 자신의 길로 접어들 수 있었을 테니까요. 하지만 에이스는 믿어요. 분명 샌드는 돌아 가는 길에서 많은 것들을 눈에 담고 마음에 담아 훗날 샌드 가 만든 영화 속에 살포시 자리 잡고 있을 거라는 것을요.

"엄마, 난 요즘 내가 꿈꾸던 삶을 살고 있어." 대학교 신입 생이 된 샌드가 에이스에게 한 말이에요.

그 말을 듣는 순간 에이스의 심장은 두근거리기 시작했어 요. 세상에나. '꿈꾸는 삶'을 살다니요. 누구나 한 번씩은 그런 생각을 하잖아요. 자신이 꿈꾸는 삶을 사는 것 말이에요. 에 이스는 샌드의 꿈꾸는 삶을 응원하며 예전에 쳐 주지 못했던 박수까지 합해서 쳐주었답니다.

달랑이

달은 바다에 빠지지 않고도 바다를 달빛으로 물들이고 있었어요. 달빛에 취했던 걸까요? 에이스는 달을 보며 말했어요.

"나도 딸 하나 있었으면 좋겠다."

에이스도 몰랐던 마음의 소리였어요. 그런데요 달님이 에이스의 마음의 소리를 들었나 봐요. 갑자기 딸기가 먹고 싶어졌거든요. 그때부터였어요. 에이스가 과일 먹는 하마가 된 것이. 새우깡은 한 접시가 아니라 한 상자씩 과일을 입속으로 넣는 에이스를 보며 에이스에게 별명을 붙여 주었어요.

'말하는 주서기' 에이스와 새우깡은 과일 좋아하는 달빛 요정에게 달랑이라는 태명을 붙여 주었어요. 달님이 보내주신 호랑이. 달랑이.

에이스는 입에 달랑이를 붙이고 살았어요. 왠지 이름을 부를 때마다 딸랑딸랑 종소리가 나는 것 같아 기분이 좋았거든요. 이름만 불러도 기분이 좋아지는 달랑이는 그렇게 에이스와 새우깡, 그리고 샌드의 가족이 되었답니다.

너무 예뻐서 어쩔 줄 모를 때 주머니에 넣고 다니고 싶다고 하잖아요. 에이스에겐 뱃속에 있는 달랑이가 그런 느낌이었어요. 에이스는 태어나면서부터 한 살을 먹는 우리나라 만 나이 계산법이 참 과학적이면서도 정감이 있어 좋았어요. 열 달을 한순간도 떨어지지 않고 함께 한 뱃속 생명에 대한 존중을 나이 한 살로 대우해 주는 것이잖아요. 달랑이는 그렇게 뱃속에서 에이스의 눈으로 보고 에이스의 입으로 말하고 에이스의 마음으로 느끼며 잘 자랐어요. 달랑이가 지켜보는 삶은 에이스를 자꾸 좋은 사람으로 만들었어요. 아마 달랑이 뱃속에 있을 때 에이스를 만난 사람은 에이스를 살아있는 천사쯤으로 생각했을 거예요. 그땐 행복해서 웃는 것도 맞고 웃어서 행복한 것도 맞고. 그랬네요. 달랑이는 그렇게 한 살답게 잘 크고 세상에 나왔어요. 3.14 kg의 웃는 눈을 가진 예쁜 딸이었어요. 새우깡은 달랑이의 몸무게를 보고 "우와 3.14네. 우리 달랑이 수학 천재 아냐?" 맞아요. 진단 결과 '딸바보.' 새우깡은 그렇게 딸바보가 되었답니다.

마가렛트

뽀로로 루피 아시죠?

겁 많고 부끄러움을 타지만 따뜻하고 친절하고 모범적인 성격에 마가렛트 쿠키를 잘 굽는 루피.

달랑이가 꼭 그랬어요. 완벽하지 않으면 절대 나서지 않고 친구들에게 주는 거 좋아하고 왠지 교복이 잘 어울릴 것 같은 따뜻한 마음씨를 가진 아이. 루피를 닮아서였을까요? 달랑이는 어릴 때 마가렛트 쿠키를 좋아했어요.

겉바속촉. 겉은 차가워도 마음은 따뜻한 달랑이. 달랑이는 마가렛트였답니다.

마가렛트 덕분에 에이스는 이제 처음이라는 말을 자주 사용하게 되었어요. 에이스는 처음이라는 말을 좋아했어요. 처음이란 말에 담긴 설렘과 긴장감이 좋더라고요. 생각해보면 새우깡을 만난 것도 에이스가 처음이란 말을 좋아했기 때문인지도 모르겠네요. 그런 사람, 처음이었거든요.

마가렛트가 처음으로 엄마라고 부르던 날 –그 작은 입 속에서 엄마라는 말이 공처럼 튀어나오더라고요– 처음으로 앉은 날, 처음으로 걸은 날, 처음으로 이가 나온 날….

마가렛트 첫돌이었어요. 첫돌의 하이라이트는 누가 뭐래도 돌 재비죠. 마가렛트요? 마가렛트는 돈을 잡았어요. 아이들 돌 재비 하는 것을 보면 참 신기해요 아무리 부모들이 원하는 것을 아이가 잡기 좋은 위치에 놓아도 뭔가 아는 것처럼 다른 것을 잡으니까요. 돈이 마가렛트 앞에 있었던 것도 아닌데 굳이 돈을 잡은 것을 보고 사람들이 한마디씩 했어요.

"부자 되겠는걸."

에이스는 마가렛트가 돈도 돈이지만 마음이 부자인 사람으로 자랐으면 좋겠다고 기도했어요.

에이스에게 다시 처음이란 말을 선물해준 마가렛트는 딸바보 에이스와 새우깡, 그리고 샌드와 함께 무럭무럭 커갔답니다.

에이스는 마가렛트가 물감놀이를 하다가 온 얼굴에 물감을 묻혀도, 여름날 땀을 많이 흘려 머리카락이 떡져 얼굴에 붙어도 그렇게 다 예뻐보일 수가 없었어요. 아마 울어서 새빨

갛게 충혈된 마가렛트의 눈을 보았어도 에이스는 그 눈동자
에서 시인의 영혼을 읽었을 거예요.

　어느 날인가 마가렛트가 길을 가다가 하늘을 쳐다보더니
입을 벌리고 가만히 서 있는 거예요.
　에이스가 물었죠.
　"마가렛트, 왜 입을 벌리고 하늘을 보는 거야?"
　"응, 엄마. 나 바람을 먹고 있어."
　"바람을 먹는구나. 바람은 어떤 맛이야?"
　"바람은 바람 맛이야. 엄마도 먹어봐."
　마가렛트는 눈을 감고 고개를 뒤로 젖힌 채 한참 동안 바
람을 먹었고 바람 맛이 궁금한 에이스도 마가렛트를 따라 한
참을 그렇게 바람을 먹으며 서 있었어요.
　"엄마, 하늘에 뭐라고 써 있어요?"
　에이스와 산책하는 중에 마가렛트가 물었어요. 마가렛트
에겐 하늘에 떠 있는 구름이 글자처럼 보였던 거죠.
　"앗! 아까까진 아무것도 안 보였는데 지금은 마가렛트 사
랑한다고 쓰여있는데."
　걷다 보니 모래 놀이터가 있어서 에이스와 마가렛트는 놀
이터에서 좀 놀다 가기로 했어요. 그런데 마가렛트가 자꾸 모

래를 하늘로 던지는 거예요. 에이스는 모래가 마가렛트 눈에 들어갈까 걱정이 되었죠.

"마가렛트, 왜 자꾸 모래를 하늘에 던지는 거야? 모래가 눈에 들어가면 위험해."

"엄마, 하늘이 배고픈 거 같아요."

마가렛트 눈에는 구름이 없는 하늘이 배가 고파 보였나 봐요. 왜 우리, 소꿉놀이할 때 모래를 밥이라고 하잖아요. 그러니까 마가렛트는 배고픈 하늘에 밥을 주고 싶었던 거였어요. 에이스는 마가렛트와 함께하는 매 순간이 선물 같았어요. 마가렛트 덕분에 에이스 역시 마가렛트의 눈으로 세상을 볼 수 있었으니까요.

어느 날 새우깡이 퇴근하고 들어오면서 수박을 사 가지고 왔어요. 수박은 에이스네 가족이 모두 좋아하는 과일이었어요. 다음 날 수박을 먹으려고 식구들이 모두 식탁에 앉았는데 수박에 여기저기 반창고가 붙어 있는 거예요. 이쯤 되면 이제 감이 오지요? 맞아요. 마가렛트 작품. 수박에 그어진 줄을 보고 수박이 아픈 것 같다며 마가렛트가 뽀로로 반창고를 붙여 놓았던 거였어요.

마가렛트의 눈으로 보는 세상에는 지금까지 에이스가 보

지 못했던 많은 것들이 숨겨져 있었어요.

마가렛트가 9살 때였어요.

아침을 먹다가 마가렛트가 물었어요.

"엄마, 벼가 익을수록 고개를 숙인다는 것이 무슨 뜻이에요?"

"응, 그건 사람은 많이 알게 될수록, 많이 가지게 될수록 겸손해야 한다는 뜻이야." 에이스가 이렇게 답하자 마가렛트가 또 물었어요.

"엄마, 고개를 숙이면 자기가 알고 있는 것이 다 쏟아지지 않아요?"

아! 에이스는 마가렛트의 질문에서 훌륭한 사람이 아무리 자신을 낮추고 드러내지 않아도 드러나는 이유를 알게 되었어요. 그건 마가레트말처럼 고개를 숙일수록 모든 것이 바닥에 쏟아지게 되어 사람들이 알 수밖에 없는 거였어요. 그러니까 겸손은 드러내는 것이 아니라 드러나는 거였어요.

이렇게 아직 10년도 채 세상을 살 지 않은 마가레트는 에이스가 10년 넘게 고민해도 몰랐던 세상의 이치를 하나하나 알려주는 거였어요.

그런데요, 세상 아름다운 엄마와 딸, 에이스와 마가렛트 사이에 문제가 하나 생겼어요. 마가렛트가 자꾸 손톱을 물어뜯는 거예요. 에이스는 마가렛트에게 손톱을 물어뜯으면 안 되는 이유를 알려주고 못 하게 했지만 마가렛트는 손톱 물어뜯는 습관을 고치지 못했어요. 타일러도 보고, 쓴 느낌 때문에 손톱을 물어뜯지 않는다는 약도 발라보고 했지만 소용이 없었어요. 나중에는 손톱 살까지 뜯어 피까지 날 지경에 이르렀지요. 그러다가 생각해 낸 것이 도깨비 학교였어요.

에이스는 마가렛트에게 말했어요.

"오늘은 엄마가 집에 못 올 수도 있을 것 같아. 도깨비 학교에서 연락이 왔거든. 거기는 손톱 물어뜯는 버릇이 있는 아이들의 엄마가 불려 가는 곳이야."

"그럼 도깨비 학교는 엄마만 갈 수 있어?"

"응, 그곳에 가면 그동안 자기 아이가 물어뜯은 손톱이 쌓여 있대. 도깨비들이 자기 아이가 뜯어 놓은 손톱을 여기저기 막 흩어놓는데 엄마들은 그 흩어져 있는 손톱을 찾아서 다 주워야지만 도깨비 학교를 나올 수 있는 거래."

갑자기 마가렛트 눈에서 눈물이 뚝뚝 떨어졌어요.

"엄마, 거기 안 가면 안 돼? 도깨비들이 엄마 얼굴에 혹 붙여주면 어떡해…?"

마가렛트는 얼마 전 읽은 혹부리 영감 책 생각이 났던 거였어요.

"도깨비 학교에서 연락이 오면 무조건 가야 한대."

결국 그날 저녁 에이스는 도깨비 학교에 갔고, 마가렛트의 손톱이 얼마나 많이 쌓여 있는지 봤어요. 그리고 에이스는 마가렛트에게 알려주었어요. 도깨비 학교에는 많은 종류의 청소기가 있었는데 빗자루가 위에 달려 있는 청소기는 도깨비들이 손톱을 넣으면 여기저기 뿌리는 청소기였다고.

또, 손톱 모양의 청소기는 손톱 끝에 눈이 달려 있어서 자기 손톱 하나를 청소기에 넣으면 흩어져 있는 손톱들 중에서 자기 손톱들을 다 찾아내는 신기한 로봇이었다고.

'도깨비 학교'

엄마는 아이를 키우면서 이렇게 소설가가 될 수도 있는 거였어요.

마가렛트는 '갑자기'라는 말과 참 잘 어울리는 아이였어요. 갑자기 어제까지 차던 기저귀를 오늘부터 안 찬다거나, 갑자기 어제까지 하나도 읽지 못하던 글자를 오늘부터 읽는다거나.

엄마들은 아시겠지만 기저귀 뗄 때 한참 걸리잖아요. 글자 읽는 것도 마찬가지고요. 에이스는 분명 과정이 필요한 것들

임에도 갑자기 과정 없는 결과물을 보여주는 마가렛트가 신기했어요. 아마도 마가렛트는 과정을 행동이 아니라 머리로 수없이 시뮬레이션해보는 아이였던 것 같아요. 그러지 않고는 '금 나와라 뚝딱!'도 아니고 말이 안 되는 거니까요. 에이스는 마가렛트의 보이지 않는 도깨비방망이가 결과뿐 아니라 과정도 즐기면서 언제까지나 마가렛트 옆에서 마가렛트를 지켜주길 바랐어요.

혹시 이런 말 들어보셨나요?

남자들은 두 가지 일을 동시에 못 하지만 여자들은 음식 만들며 전화도 하고, 동시에 아이가 뭔가를 물어보면 대꾸도 하는 등 두 가지 일을 동시에 할 수 있는 멀티가 가능하다는 말이요. 에이스는 이 말을 믿지 않았어요. 남자, 여자의 문제가 아니라 실질적으로 사람이 할 수 있는 일은 멀티가 가능하지 않다고 생각했거든요. 여자들이 남자들보다 빠르게 일의 모드를 전환할 수 있는 것이지 한 번에 여러 가지 일을 하는 것이 아니라고 생각했던 거죠. 그런데요 마가렛트는 한 번에 한 가지 일만 하는 것을 힘들어했어요. 눈으로는 책을 읽으면서 손으로는 클레이를 만지고, 밥을 먹으면서 책을 보고, 이를 닦으면서 노래를 하고….

신기한 건 마가렛트가 두 가지를 동시에 한다는 거였어요.

에이스가 오랫동안 아이들을 가르치면서 수없이 아이들에게 했던 말이 음악 들으면서 공부하지 말라는 거였고 부모님들께도 이것만은 자식들에게 절대 양보하면 안 된다고 했었던 것이었는데 말이죠. 자식 키우는 부모 앞에 '절대'라는 말은 없는 거였어요.

예체능 기피증을 갖고 계신 부모님 때문에 그 흔한 피아노 학원도 가지 못했던 에이스는 마가렛트에게 어릴 때부터 온갖 예체능 학원을 섭렵하게 했어요. 다행히 마가렛트는 배우는 것을 좋아했어요. 좋아하는 것에 비해 배우는 속도가 빠르지는 않았지만 에이스는 마가렛트의 성실함을 믿었지요. 마가렛트가 고학년이 되어 학습량이 많아지자, 예전처럼 예체능에 투자할 시간이 많지 않았어요. 에이스는 마가렛트에게 꼭 하고 싶은 것만 남기고 나머지는 정리하자고 이야기했어요. 그랬더니 마가렛트가 그러더라고요.

자긴 그만두고 싶은 것이 없다고. 에이스는 마가렛트가 정말 그만두기가 싫어서 그런 줄 알았어요. 마가렛트가 그 말을 하기 전까지는요.

"그런데 엄마, 나 사실 계속하고 싶은 것인지도 잘 모르겠어. 내가 배우는 것들은 모두 엄마가 어릴 때 배우고 싶었던 것이었잖아. 나도 싫지는 않아서 계속했는데 앞으로는 좋아해야 할 수 있을 것 같기도 하고… 잘 모르겠어."

에이스는 배가 고픈 건 자신이었는데 배부른 마가렛트에게 자꾸 먹을 것을 주었던 것이었어요. 그러니까 마가렛트가 배우는 속도가 느린 것이 아니었던 거죠. 마가렛트는 배가 고파 본 적이 없었던 것이었어요. 에이스가 부모라는 이름으로 했던 권유는 마가렛트에게는 강요였던 거예요.

샌드가 에이스에게 그랬어요.

"엄마 다른 건 몰라도 피아노는 내가 싫다고 했을 때 혼내서라도 시키지 그랬어요."

샌드도 피아노를 치다가 중간에 그만두었거든요.

그래서였나 봐요. 에이스의 권유를 마가렛트가 강요로 느낀 이유가.

그런데요 생각해 보니 피아노 학원은 마가렛트가 원해서 간 거였어요.

네 살 때 피아노 학원의 피아노 소리를 듣고 마가렛트가 그러더라고요.

"엄마, 피아노 소리가 너무 예쁘지 않아요?"

에이스는 피아노 소리보다 그렇게 말하는 마가렛트가 더

예뻤어요. 그렇게 네 살 때부터 여섯 살까지 졸라서 간 피아노 학원이었는데 마가렛트는 기억이 안 나나 봐요. 아이들의 기억은 엄마가 계속 되새김질해 주지 않으면 사라지는 건가 봐요.

에이스는 마가렛트에게

"피아노를 배우고 싶다고 말하는 네 목소리가 피아노 소리보다 아름다웠어."라고 말해 주었어요. 그렇게 마가렛트는 강요가 아닌 권유로 다시 피아노와 플루트를 하게 되었지요.

기억은 만들어지는 것이었어요. 특히, 자식에 대한 부모의 기억은 자식이 필요로 할 때마다 끊임없이 새로 쓰일 수 있다는 것을 에이스는 샌드와 마가렛트를 키우며 알게 되었어요.

'두껍아 두껍아

헌 집 줄게

새 집 다오'

그랬어요. 헌 집을 주면 새 집이 나오는 삶. 그게 에이스와 새우깡의 삶이었어요. 그런데요 모래를 좀 더 단단하게 두드렸어야 했었나 봐요. 바람이 불어도, 누군가 건드려도 무너지지 않게 말이죠.

'꾼'

아무래도 이제 그 얘기를 할 때가 온 것 같아요. 어쩌면 에이스가 이야기를 시작한 진짜 이유요. 에이스는 기쁨과 슬픔이 거의 같은 양으로 삶을 채우는 것임을 모르지 않았어요. 이렇게 기쁠 수 있을까의 다음은 이만큼 슬플 수도 있구나. 다만 순서의 문제라고 생각했지요. 그런데요 너무 오랫동안 잔잔하고 고요한 물결에 익숙해져 있었던 걸까요? 갑자기 밀려드는 파도에 에이스는 정신을 차릴 수가 없었어요.

1 : 29 : 300.

큰 재해가 발생했다면 그전에 같은 원인으로 29번의 작은 재해가 발생했고, 또 운 좋게 재난은 피했지만 같은 원인으로 부상을 당할 뻔한 사건이 300번은 있었을 것이라는 하인리히 법칙.

에이스는 그러니까 329번의 사인을 놓쳤던 거였어요.

아시죠? 새우깡 주변에 사람 많은 것.

가지 많은 나무에 바람 잘 날 없듯이 친구 많은 새우깡 주변에도 바람 잘 날이 없었어요. 특히 정 많고 귀 얇은 새우깡이었기에 에이스는 바람아 멈추어다오를 입에 달고 살았어요. 그런데요 도둑이 작정하고 달려들면 막을 수가 없는 건가 봐요. 돌다리를 두드려 보고도 건너지 않을 때가 있는 에이스가 두드려 보지도 않고 돌다리를 건넌 걸 보면 말이죠.

사실 돌다리를 두드려 볼 시간이 없을 만큼 너무 바빴어요.

수업이 정말 많았거든요. 에이스는 아무리 기분이 안 좋아도 수업만 들어가면 기분이 좋아졌어요. 그래서인지 강남에서 분당, 강북을 왔다갔다 하며 수업을 해도 지칠 줄 몰랐지요. 그러다가 함께 일하던 선생님이 같이 학원을 오픈하자고 제의를 했어요. 투자는 반반씩하고 에이스와 새우깡이 수업만 해주면 선생님이 수업과 운영을 병행하겠다고 했죠. 선생님을 알고 지낸 것은 얼마 안 됐지만 경력도 많고 아이들에게 인지도도 있는 선생님이었기에 에이스와 새우깡은 함께하기로 결정을 했어요. 선생님이 학원 운영 경험이 많아서인지 일은 일사천리로 진행이 되었어요. 에이스는 휴지통 하나를 사도 정확히 반을 나누어 영수증 처리를 해두는 선생님의 일처리에 믿음이 갔어요. 에이스보다 나이와 경험이 많음에도 학원 대표 자리를 극구 양보하는 -결국 공동대표로 하기로 했지요.- 모습 역시 겸손해 보였고요. 선생님은 바쁜 에이스와 새우깡을 생각해 일주일에 세 번만 학원에 오도록 배려해 주었어요. 하지만 삼 개월이 지났을 때 그것이 배려가 아니라 계획이었음을 알게 됐지요.

에이스가 막 수업을 마치고 나오는데 신문 광고 대금을 받으러 왔어요. 결재를 하려는데 금액이 너무 많은 거예요. 알고 보니 처음 계약금 말고는 한 번도 돈을 지불한 적이 없었어요. 그거 아세요? 유리가 깨지기 전에 금이 쫙 가는 것 같은 기분? 그게 시작이었어요.

다음은 인테리어 잔금, 그다음은 교실 집기 잔금….

에이스 동업자는 '꾼'이었어요. 에이스와 새우깡은 사기를 당한 거였지요.

사기.

우리나라에서 제일 많이 일어나는 형사 사건 중 하나이지만 누구도 대비하고 있지 않는 것. 에이스와 새우깡 역시 마찬가지였지요. 너무 무방비 상태였지요.

모든 것이 '꾼'의 계획된 드라마였어요.

'꾼'은 돈 한 푼 들이지 않고 에이스와 새우깡이 낸 50%의 돈으로 학원 운영을 했던 거였어요. 나머지는 삼 개월 뒤에 주기로 하고. 잔금뿐만이 아니었어요. '꾼'은 학원 관계자들과 학부모들에게 돈까지 빌려 썼더라고요. 그때 알았어요. '꾼'이 왜 그렇게 원장 자리를 사양했었는지. '꾼'은 책임지지 않고 빠져나갈 통로가 필요했던 거예요. 운영상 필요하다며 가져갔던 에이스의 도장은 '꾼'에게 황금알을 낳는 거위가 되어 여기저기 알을 낳고 다녔던 거예요. 그리고 그 끝은 에이스가 생각했던 것보다 더 멀리 있었어요.

돌다리를 두드려 보지 않고 건넌 대가로 에이스와 새우깡은 '꾼'이 만든 드라마의 비극의 주인공이 되어 '꾼'이 먹은 지저분한 밥상을 치워야 했어요. 그 방법밖에 없었냐고요? 그 방법밖에 없더라고요. 아이들이 걸려있는 문제였으니까요. 아이들이 에이스와 새우깡의 아킬레스건임을 '꾼'은 알았던 거죠.

그러던 어느 날 '꾼'이 정말 잘못했다면서 에이스와 새우깡 앞에 무릎을 꿇었어요. 그리고는 해결책을 내놓았지요.

학원 매매.

'꾼'은 학원 매매 후 자신의 50% 지분으로 빚을 갚고 에이스와 새우깡은 나머지 50%를 환수하면 된다는 거였지요. 새우깡이 에이스에게 그만 버티자고 하더라고요. 버티면 버틸수록 구멍은 계속 커져만 갔으니까요.

그렇게 '꾼'은 학원을 매매했어요. 매매 역시 개원 때와 마찬가지로 일사천리로 진행이 되었어요. 그 일로 에이스는 갑자기 희망으로 바뀌는 절망은 없다는 것을 다시 한번 깨달았죠.

모든 것이 끝나고 보니 알겠더라고요

'꾼'이 계획한 판의 끝은 학원 매매였다는 것을.

결국 학원 매매한 돈은 반이 아니라 전부 '꾼'의 손에 들어갔고 에이스와 새우깡은 학원의 빚을 고스란히 떠안게 되었어요.

이렇게 무너지기도 하는 거였어요.

법적으로는 아무 문제가 없었어요. 공동 원장이었으니까요.

그때 알았어요. '꾼'이 법대를 나왔다는 것을. 그리고 법은 지키려는 사람이 아니라 피해 가는 사람이 이용할 때 더 진가를 나타낸다는 것을 말이죠.

젊어서 고생은 사서도 한다.

에이스가 해보니 나이에 상관없이 고생을 사서 할 필요는 없는 거였어요.

에이스는 이 말이 고생해 보지 않은 사람이나 고생에서 승리한 사람의 말이라는 걸 그때 알았지요. 에이스와 새우깡의 젊음은 그렇게 고스란히 '꾼'의 빚을 갚는 데 바쳐졌어요. 그래도 다행이었던 것은 에이스와 새우깡이 가르치는 것을 좋아했다는 것이었지요. 그렇게 에이스가 젊음을 돈과 바꾸고 얻은 깨달음. '어쨌든 고생은 사서 하는 것이 아니다.' 그런데요, 그 후로도 새우깡은 법을 잘 이용하는 사람들의 그물에 몇 번을 걸려들었어요. 어떤 그물은 눈물로 호소했고 어떤 그물은 화려한 미래를 담보로 했지요. 새우깡은 그물에 걸려들었다가 빠져나올 때마다 '다시는 내가…, 앞으로는 절대…'라는 말을 반복했지만 말하는 순간뿐이었어요.

어떤 물고기는 낚싯바늘을 물었다가 죽을 뻔했어도 그 사실을 기억 못 해서 계속 낚싯바늘을 문다죠?

새우깡이 꼭 그랬어요. 지인들에게 돈을 빌려주고 상처를 받아도 금방 그 기억이 사라지나 봐요. 그래서 붙여진 새우깡의 별명이 뭔지 아세요?

처음처럼. 정말 새우깡에게 딱 맞는 별명이었지요.

생각해 보면 그때의 에이스는 언제나 시작뿐인 삶을 살았던 것 같아요. 늘 발가락 끝까지 힘을 주면서 말이죠.

"몸에 힘 빼세요."

에이스가 살면서 가장 많이 들었던 말이었어요. 아마도 에이스 엄마 말처럼 젊은 시절 사서 한 고생 때문이었겠죠?

에이스 엄마가 그랬거든요.

"너는 왜 고생을 사서 하니? 뭐니 뭐니 해도 학교만 한 직장이 어디 있다고?"

에이스는 이미 넘어졌는데 "왜 넘어졌니?"라고 묻는 엄마의 말이 넘어져서 난 상처보다 더 아팠어요.

그래서였나 봐요. 에이스가 몸에 잔뜩 힘을 주고 살았던 이유가.

생각해 보면 그땐 일어설 만하면 누군가 넘어뜨릴 준비를 하고 있었던 것 같아요. 그래도 다행인 건 에이스가 딱 일어설 수 있을 만큼 넘어뜨렸다는 거였어요. 그러니까 에이스는 몸에 힘만 빼지 않으면 되는 거였지요.

그때 에이스가 힘 빼지 않을 수 있게 해 준 것. 그것은 수업이었어요. 하루를 분 단위로 나누어 밥 먹는 시간은 수업과 수업 사이 10분. 그러다 보니 메뉴는 늘 서서 먹는 김밥이었지만 그래도 에이스에겐 수업이 해결책이며 위로였어요.

에이스는 아무리 힘들어도 수업만 하면 다른 세상에 와 있는 기분이 들었어요. 그러니까 가르치는 사람도 배우는 사람도 행복한, 에이스가 꿈꾸었던 수업은 아이러니하게도 에이스가 가장 힘든 때였던 거였지요.

그렇게 불행하면서 행복했던 시간을 통해 에이스는 '처음처럼'을 지나쳐가고 있었어요. 에이스는 무엇을 할 수 있을까가 아니라 무엇을 할 수 없을까를 생각했어요. 그렇게 할 수 없는 것을 다 지워가다 보니 마지막에 남는 것이 있었어요. 그게 바로 수업이었지요.

코코아

　그런 말 있잖아요. 좋아하는 일을 했을 뿐이라고.

　맞아요. 에이스와 새우깡은 단지 좋아하는 수업을 했을 뿐
인데 절망이 희망에게 자리를 내주더니 급기야 불행이 행복
으로 완전 자리매김을 하더라고요.

　에이스와 새우깡은 그때 알았어요.

　나갈 때도 아는 척 안 하고 나가더니 들어올 때도 슬그머
니 들어오는 것이 돈이라는 것을. 정말 많이 벌었어요. 에이
스 엄마가 에이스에게 학원 강사 한 것을 잘했다고 말할 만
큼. 새우깡이 그랬어요. 그 시절 에이스는 아직 빨지 못해 쌓
아 놓은 철 지난 이불처럼 어디를 가든 틈만 나면 구석에서
웅크리고 잠이 들었었다고. 새우깡은 그런 에이스를 볼 때마
다 미안하다는 말을 입 안 가득 물고 내뱉지를 못했다고.

새우깡은 미안하다는 말은 진짜 미안할 때가 아니라 덜 미안할 때 쓰는 말이라는 것을 그때 알았어요.

그리고 불행은 행복할 준비가 되어있는 사람에게 찾아오는 것임을 그때 알게 되었어요. 그때의 에이스는 돈을 벌 줄만 알았던 것 같아요.

돈을 벌어도 쓸 시간이 없었으니까요.

언제나 에이스 가방에는 수강료 봉투와 함께 쓰레기가 한가득이었어요. 새우깡은 에이스가 어디를 가든 에이스가 나가기 전에 에이스 가방의 쓰레기를 깨끗이 정리해 주었어요. '아내의 가방을 정리해 주는 남편'

에이스는 새우깡의 자상함이 좋았어요. 그런데요, 지금 생각해 보니, 그때 새우깡이 정리한 것은 쓰레기만이 아니었던 것 같아요. 에이스 가방에는 언제나 수강료 봉투가 들어 있었는데, 그때나 지금이나 숫자에 약한 에이스를 대신해 계산기보다 계산이 빠른 새우깡이 돈 관리를 했었거든요. 그러니까 새우깡은 쓰레기를 치웠다기보다 현금을 수거한 것일 수도 있었던 거였어요. 어떻게 보면 그때 에이스가 들고 다니던 가방이 돈으로도 살 수 없는 진짜 명품이었네요. 명품 가방 하나 정도는 거뜬히 살 수 있는 현금이 늘 들어있는 가방이었으니까요. 만약 새우깡이 에이스의 가방을 정리해 주지 않았다면 에이스 가방은 매일 가격이 스스로 오르는 세상에 하나뿐인 명품이 되었을 거예요.

명품을 사는 것이 아니라 명품을 만드는 것. 에이스는 그렇게 사람도 삶도 명품을 만들고 있었던 거였어요.

에이스는 지난 일들을 잘 잊어버렸어요. 에이스 머릿속엔 기억하고 싶지 않은 것들은 걸러지지 않는 필터가 있었던 것 같아요.

에이스가 고민을 잘 잊어버리는 것은 고민이 덜 심각하거나 덜 골치 아파서가 아니라 에이스에게 늘 새로운 관심거리가 생기기 때문이었어요. 고민을 잊는 제일 좋은 방법은 새로운 관심거리를 찾는 것이니까요.

그래서 갖게 된 새로운 관심이 집 짓기였어요.

무에서 유를 창조한다는 말.

그거였어요. 집을 짓는다는 것은.

공간이 부리는 마술.

생각하면 생각할수록 자꾸자꾸 달라지는 공간.

집을 짓는다는 건 서로를 다 보여주는 것이었어요. 아무것도 없는 빈 공간에 담고 싶은 것이 모두 달랐으니까요. 그렇게 에이스와 새우깡, 그리고 샌드 −마가렛트가 아직 어렸다는 것은 참 다행이었지요.– 가 서로에게 바닥까지 다 보여주고 나니까 집 하나가 완성되더라고요. 집이 지어지는 모습은 냄새가 변하는 것이었어요.

처음 터를 닦을 때 나는 땅 냄새, 골조 올릴 때의 철근 냄새, 방통 칠 때의 시멘트 냄새, 건물 외벽 붙일 때의 돌 냄새, 나무 냄새, 그리고 집 안에 가구 들일 때의 가구 냄새, 벽지 냄새…. 조금씩 다르게 변해가는 냄새에 집 짓는 사람의 향기가 다 배이면 하나의 집이 다 지어진 것이더라고요.

그래서 집은 집집마다 향기가 다른 것인가 봐요.

멀리 보이는 산을 집으로 들여오기 위해 한쪽을 통창으로 한 덕분에 누우면 별이 보이고 귀를 기울이면 눈 내리는 소리까지 들릴 것 같은 계절이 보이는 집.

바로 에이스와 새우깡의 집이었지요.

그렇게 집이 완성된 것으로 끝냈어야 했는데 그것이 시작이었어요.

집 짓기가 새우깡 인생의 터닝 포인트가 된 거였죠.

그 이후로 새우깡은 땅을 사서 건물을 올리고 분양을 하는 새로운 일을 시작하게 되었어요. 이제 새우깡은 에이스와는 다른 이유로 바빠지기 시작했어요.

새우깡 책상엔 수학책 대신 도면과 서류가 쌓이기 시작했

고, '선택하고 결정해야 할 문제'들이 가득했어요. 에이스는
이런 새우깡의 모습이 낯설었지만 에이스와 다른 공간에서
에이스가 모르는 다른 사람과 다른 일을 하는 새우깡을 응원
했어요.

　모처럼만의 휴일, 새우깡이 함께 일하는 사람들을 초대하
고 싶다고 하더라고요. 에이스는 흔쾌히 허락했어요. 에이스
는 사람을 만날 때 첫 느낌을 굉장히 중요하게 생각하는데
그런 느낌은 처음이었던 것 같아요. 한 번도 입지 않은 새 옷
같은 사람들이었어요. 주름 하나, 먼지 하나 없는 사람들, 겉
모습으로는 살아온 시간을 전혀 짐작할 수 없는 그런 사람들
이었거든요.

　표정에 생각을 모두 드러내는 아이들하고만 지내서였을까
요? 에이스는 우리말이 안 통하는 다른 나라에 와 있는 기분
이 들었어요.

　그날부터 에이스는 새우깡의 세상에 기웃거리지 않았던
것 같아요. 새우깡이 자신의 세상을 잘 지켜주기를 바라면서.

　그런 때가 있잖아요? 가끔 비를 맞지 않는 곳에 있어 밖에
비가 내리는 것을 모르고 있다가 우연히 비를 털고 있는 옆
사람을 보고 비가 온다는 것을 알게 될 때.

그랬어요.

새우깡이 사업을 시작하면서 서로 다른 세상에서 살다 보니, 에이스는 새우깡의 세상에 비가 오고 있다는 것을 모르고 있었어요.

불행은 안에 있는 사람이 밖에 비가 내리는 것을 모르고 있는 것처럼 그렇게 찾아오는 것이었어요. 그래서 우산도 준비하지 못한 채로 비 내리는 사거리에 서 있게 되는 것이었어요. 게으름은 학교 졸업하면서 모두 마쳤기에 에이스와 새우깡은 졸업 이후 게으름을 피워본 적이 거의 없었지만 그래도 어느 때보다 바쁘게 사는 새우깡을 보면서 에이스는 행복이란 단어를 자주 떠올렸지요.

에이스는 새로운 사업이 새우깡과 잘 맞는다고 생각했어요. 새우깡이 드디어 건물을 완공하고 준공을 기다리고 있었으니까요.

에이스가 행복할 준비를 너무 완벽하게 했던 걸까요? 현실은 에이스가 넘어야 할 큰 파도 하나를 또 준비하고 있었어요.

새우깡은 간단히 해도 될 말을 꽤나 길고 지루하게 시작했어요. 에이스는 새우깡이 하는 말에서 가정을 지웠어요. 가정을 다 지우고 마지막에 남는 말. 그것이 사실이니까요. '새우깡이 투자한 돈은 원금조차 상환할 수 없는 상황이며, 새우깡은 새우깡을 믿고 투자한 다른 사람들의 원금과 이자까지 책임을 져야 한다.'

이것이 바로 새우깡이 말한 사실이었지요. 티 하나 없이 맑고 맑아 아무도 몰랐어요. 유리벽에 갇혀 있다는 것을….

매일 열심히 닦고 닦았어요. 그것이 자신을 가두고 있는 것인 줄도 모르고 그것이 유리벽인 줄도 모르고…. 너무나 깨끗한 유리창에 어느 날 새 한 마리가 날아와서 부딪쳤어요. 새가 남기고 간 빨간 멍자국. 새우깡의 가슴에는 빨간 멍이 들었어요. 이젠… 부숴야 할 일만 남은 거였어요.

새우깡은 사람과 돈 중에 잃어야 할 것을 선택해야 하는 싸움을 하고 있었어요. 에이스는 새우깡이 무엇을 선택할지 알았어요. 에이스와 새우깡은 시간이 지체될수록 잃을 것이 많아지는 게임은 그만하기로 했어요.

에이스와 새우깡은 낮엔 햇볕에 데고, 밤엔 떨어지는 별똥별에 긁히면서 그렇게 지난 시간을 기억하며 잊었지요. 에이스는 비극을 비극이었다고 말하는 것에도 시간이 필요하다는 것을 그때 알았어요.

세상에는 우리가 자초한 불행도 있지만 그렇지 않은 불행도 있잖아요.

건물을 짓기 시작한 것은 새우깡의 선택이었지만 그 건물이 새우깡의 손에서 떠난 것은 새우깡의 선택이 아니었어요. 새우깡의 선택은 새우깡의 몫으로 여기고 함께 견딜 수 있었지만, 새우깡이 선택하지 않은 반복되는 불행에 에이스는 점점 지쳐갔어요. 어떤 이유의 불행이든 불행을 자신의 몫으로 여기고 견딘다는 것은 힘든 일이니까요. 견딘다는 것은 무감각해지는 것이라는 것을 에이스는 그때 알았어요. 에이스가 좋아하는 것들은 이제 에이스를 위로해 주지 못했어요. 심지어 새우깡도 샌드도 마가렛트도 에이스에게 너 이상 위로가 되지 않았어요.

바람 소리가 밤새 에이스 마음에 생채기를 내서 잠을 설친 어느 날이었어요.

수업을 마친 후 에이스는 몸도 마음도 너무 지친다는 생각을 했어요. 처음이었어요. 수업 후에 그런 기분이 들었던 것은. 화가 나도 힘들어도 심지어 몸이 조금 아파도 수업만 하면 모든 것이 괜찮아지던 에이스였는데 그날은 수업 들어가기 전의 기분이 수업을 해도 나아지지 않았어요. 에이스가 늘 입버릇처럼 해오던 말이 있었어요.

'수업을 하는 사람이 재미있지 않으면 그때가 수업을 그만 둘 때'라고. 에이스는 가르치는 사람이 행복하지 않은 수업은 하고 싶지 않았거든요.

그때부터 에이스에게는 생각이 많아지는 날들이 계속되었어요. 에이스는 습관처럼 코코아 한 잔을 탔어요. 뜨거운 물과 찬물을 섞어서. 에이스는 뜨겁지 않은 코코아를 좋아했거든요. 그런데 적당히 따뜻하고 달달한 코코아가 뜨뜻미지근하고 지나치게 달게 느껴져서 에이스는 한 모금도 마실 수가 없었어요. 에이스는 그때 적당한 온도의 달콤한 말로 에이스를 위로해 주던 새우깡의 모습이 코코아와 참 많이 닮았다는 생각을 했던 것 같아요. 새우깡과 닮아서 좋아했던 것들이 새우깡과 닮아서 싫어지기 시작한 거예요.

이제 새우깡이 아니라 에이스가 선택할 차례가 다가오고 있었어요.

에이스는 새우깡에게 말했어요.

"요즘 네가 하는 말은 늘 몇 초간 공중에 떠다니다가 내 귀로 들어와. 그사이 어떤 말들은 사라지기도 해서 난 도무지 네가 무슨 말을 하는지 알 수가 없어."

"미안해. 요즘 나랑 이야기하면 많이 답답하지? 네가 나누어질 수 있는 짐이었다면 내가 진즉에 부탁했을 거야. 내 짐 좀 들어달라고. 나는 나보다 무거운 짐을 지고도 내 짐을 나누지 못해 고민하는 너를 보는 것만으로도 위로가 돼."

사실 에이스는 위로하고 싶었던 것이 아니라 위로받고 싶었던 것이었는지도 모르겠어요. 이어지는 대화가 아니라 끊어지는 대화, 대화로 시작해서 말다툼으로 끝나는 일상에서. 에이스는 어차피 아무 데나 내려놓을 수밖에 없는 짐을 들고 어디에 내려놓으면 좋을지를 고민하는 새우깡이 답답했어요. 새우깡은 들고 있으면 들고 있을수록 자신이 더 힘들어진다는 것을 알면서도 버티고 있었어요. 에이스는 변화 없이 버티는 것은 게으름이라 생각했어요.

"사람도 잃고 돈도 잃은 것보다는 돈만 잃은 것을 다행으로 생각하자고. 돈을 잃은 것이 아니라 그 돈으로 사람을 구한 것이라 생각하자고."

에이스는 새우깡에게 그렇게 말하고 나니 멀리서 에이스를 집어삼킬 것처럼 다가오던 파도가 하얗게 부서지며 발을 간지럽히는 것 같은 기분이 들었어요.

'내려놓다'

에이스는 내려놓기를 시작한 거였어요.

시나몬 톡톡 아메리카노

　세상에 일어나지 않을 수 있는 일은 없는 거였어요.

　에이스는 '어떻게 그런 일이 일어날 수 있을까?'가 아니라 '어쩌면 그런 일은 일어날 수도 있는 일'이라고 생각했어요. 그리고 에이스는 '어쩌면 일어날 수 있는 일'을 계획하기 시작했어요. 가르치는 일이 노는 것보다 재미있었던 에이스가 가르치는 일을 그만두겠다는 생각을 하다니요.

　에이스는 새우깡에게 말했어요.

　문장을 쓰다 보면 마침표보다 쉼표가 어울릴 때가 있는데 지금이 그때라고.

　에이스는 쉼표 하나 찍으면 전혀 다른 뜻이 되는 문장처럼 에이스와 새우깡의 인생을 다른 방향에서 바라보면 다른 해석이 나올지도 모른다고 생각했어요.

에이스는 그때 알았어요. 세상에서 제일 어려운 준비가 마음의 준비라는 것을. 마음을 먹고 나니 모든 일들이 마치 기다리고 있었다는 듯 진행이 되었어요. 새우깡과 샌드는 에이스의 쉼표를 응원했고, 마가렛트는 에이스의 쉼표에 동참하기로 했지요. 그렇게 인연 맺을 준비를 하고 있는 낯선 곳. 그곳이 바로 캐나다였지요.

캐나다 밴쿠버.
에이스는 밴쿠버에 발을 내딛었을 때의 첫 느낌을 잊을 수가 없어요. 생전 처음 가 본 곳이 당황스러울 정도로 낯설지 않았거든요.
불빛이 따뜻하다는 것. 에이스의 입꼬리가 하루 종일 올라가 있다는 것. 마가렛트의 웃음 소리에서 공기방울 터지는 소리가 난다는 것. 에이스가 참 부지런한 사람이라는 것. 밴쿠버가 다시 찾게해 준 것들이었어요.
다시 시작하는 에이스 인생.
자신을 돌아보고 반성하고 그동안 이루어 놓은 것들에 대해 고민하고 정리하는 나이에 에이스는 새로운 곳에서 새로운 일을 다시 시작하게 되었어요.
20대처럼.

분명 한국에도 단풍은 있었어요.

가을이 되면 빨갛게 물든 단풍을 보러 산을 찾아가기도 했었고요.

그런데 에이스는 캐나다에 와서 단풍을 처음 보는 것 같은 느낌이 들었어요. 캐나다의 단풍은 자신이 물들어 가는 모습을 하나하나 보여주고 있는 것 같다는 생각을 했어요. 자고 일어나면 어제보다 더 빨간 나뭇잎이 엄마에게 칭찬받고 싶은 아이처럼 나 어떠냐고 묻는 것 같았거든요.

마가렛트를 학교에 데려다주고 무심히 바라본 창 밖. 에이스도 모르게 입에서 탄성이 나왔어요.

마치 바닥에 석류 알이 쏟아져 있는 듯.

단풍잎은 떨어진 뒷모습까지 아름다웠어요.

캐나다의 자연은 시작과 끝이 각기 다른 모습으로 아름다웠어요.

늘 보이는 모습만 신경 쓰며 앞모습만 보고 살았던 에이스는 캐나다에서 버려지고 떨어지고 끝나가는 것의 아름다움을 알게 되었지요. 에이스는 떨어져야 아름다운 낙엽을 주워 모아 하나하나 다시 손질해 예쁜 바구니에 담았어요. 에이스 이름 앞에 또다른 수식어를 하나 달 준비를 하면서 말이죠.

무슨 수식어냐고요? 작가요. 소설 쓰는 에이스. 에이스는 단지 이름 앞에 작가라는 말을 붙였을 뿐인데도 벌써 심장이 뛰는 것을 느꼈어요.

에이스는 알고 있었어요. 어떤 꿈은 간직하고만 있어도 계속 자란다는 것을. 에이스는 소설가의 꿈을 버리지 않고 마음 한구석에 놓아두었던 자신이 대견했어요.

이제 그 꿈이 자라서 꽃을 피우고 싶어 하는 것 같았거든요.

에이스는 매일 마가렛를 학교에 데려다주고 카페에 앉아 사람 구경을 했어요.

그러다 눈에 드는 사람이 보이면 에이스의 소설 속에 데리고 들어가 앉혀 놓고 소설 속 그 사람이 만들이 가는 삶을 관찰했어요.

어느 날이었어요

한 남자가 에이스 눈에 들어왔어요.

Coquitlam Centre Starbucks.

에이스가 밴쿠버에 와서 처음 온 곳이에요.

에이스는 카페에 들어가 언제나처럼 아메리카노를 주문했어요. 비가 와서인지 여느 때보다 더 코를 자극하는 시나몬 향기를 느끼며 주문한 커피에 시나몬 파우더 세 번, 우유 조금을 넣고 뚜껑을 닫은 후 에이스는 손으로 컵을 감싸며 주위를 둘러보았어요.

그때였어요. 커피향으로 가득한 카페 한구석에서 블루투스 헤드폰을 끼고 깨알 같은 글씨가 보석처럼 박혀 있는 책에서 눈을 떼지 못하고 있는 남자의 뒷모습이 에이스 눈에 들어왔어요.

그 남자는 가끔 손으로 머리를 만지기도 하고 아주 잠깐 고개 들어 창 밖을 내다보다가 언뜻 봐도 이제 얼마 남지 않은 듯한 커피를 습관처럼 입에 댔다 내려놓으면서 눈은 여전히 책에 두고 있었어요.

무슨 책을 읽고 있는 걸까.

어떤 음악을 듣고 있는 걸까.

에이스가 그의 뒷모습을 보며 물음표를 만드는 순간, 어느 새 그는 에이스 소설 속의 주인공이 되어 뜨거운 커피에 닿자마자 녹아내리는 각설탕처럼 자취도 없이 소설 속으로 사라져 버렸어요.

유학생 엄마 세진

어제 저녁부터 비가 내리기 시작했다.

가을이 이제 막 코너를 돌았고 밴쿠버는 레인쿠버가 시작되었다. 오늘은 봄이 합창 연습이 있어 학교에 일찍 가야 하는 날이다.

오늘의 도시락 메뉴.

아보카도 참치 샌드위치.

나의 아침은 도시락 메뉴를 결정하는 것으로 시작한다. 다행히도 오늘은 아보카도 참치 샌드위치를 싸달라는 봄이의 주문이 있었기에 메뉴 선정의 고민은 없었다.

나는 아보카도 으깬 것과 마요네즈, 참치, 그리고 소금, 후추 약간 씩을 함께 버무려 식빵 안쪽에 바르고 샌드위치 가장자리를 잘라 봄이 도시락에 넣어주었다.

그리고는 나도 모르게 식빵 가장자리 잘라놓은 것을 먹고 있었다.

그런 나를 보며 봄이가 맛있냐고 묻는다.

나는 식빵은 가장자리가 더 맛있다고 대답했다.

문득, 우리 엄마는 생선뼈와 머리만 좋아한다던 이야기가
생각났다.

먹을 것이 귀했던 시절 식구 많은 집에서 생선을 구우면,
엄만 늘 식구들이 먹다 남은 생선뼈만 발라 먹었다. 아이들이
엄마에게 그게 맛있냐고 묻자, 엄마는 말했다.

"원래 생선은 뼈와 머리가 맛있는 거야. 이 맛있는 걸 엄마
먹으라고 남겨 놓다니, 니들 진짜 최고다!"

이미 깨끗하게 발라 먹은 뼈를 씹고 있는 자신의 모습이
부끄럽기도 하고, 냄새만 맡다가 그나마 조금이라도 살이라
고 붙어 있는 것을 먹으니 어쩌면 정말 맛이 있었는지도 모
르겠다.

나중에 아이들이 자라 모두 제 가정을 이루고 엄마와 함께
밥을 먹는데 그날 밥상에 생선이 올라왔다. 며느리가 시어머
니 쪽으로 생선 접시를 옮겨 놓자 아들이 말리며.

"우리 엄마는 생선 뼈랑 머리 좋아하셔."

생각해 보니 우리 엄마도 비계를 안 먹는 나를 위해 언제

나 고기 먹을 때면 옆에 앉아서 비계를 떼고 살코기만 내 밥 그릇에 놓아주셨다. 그러면 나도 지금 내 딸아이처럼 엄마에 게 맛있냐고 물었고, 엄마는 지금 나처럼 맛있다고 그러셨다.

아이가 안 먹는 음식을 버리기 아까워 먹다 보면, 어느새 그 음식이 맛있어지기도 하는 것 같다. 엄마는 지금도 여전히 고기 드실 때 살코기는 안 드시고 비계만 드신다. 살코기는 퍽퍽해서 맛이 없다시며….

나 역시 식빵 가장자리가 맛있다.

가끔은 식빵 가장자리로 만든 러스크를 사 먹기도 할 만 큼. 봄이가 다 먹었다며 일어나 욕실로 갔다.

나는 식탁을 치우며 남은 샌드위치 한 조각과 파프리카를 잘라 지퍼백에 넣고 차 키를 챙겨 봄이와 함께 서둘러 나왔 다.

"엄마, 밴쿠버 가을은 한국보다 더 빨간 것 같아요."

학교에 거의 다 왔을 즈음, 창 밖을 내다보며 봄이가 말했 다. 정말 그랬다.

어제 저녁 내린 비로 단풍 나무에서 빨간 물이 뚝뚝 떨어 지는 것 같았다. 나는 봄이를 내려주고 봄이와 이야기하느라 줄였던 라디오 볼륨을 높였다.

라디오에서는 Frozen2의 자장가, '기억의 강이 흐른다' 가
흘러나오고 있었다.

'When all is lost, then all is found'

모든 것을 잃고 찾게 되는 것.

나는 그게 무엇이든 찾았다는 기쁨에 앞서 모든 것을 잃기
까지가 너무 지치고 힘들 것 같다는 생각을 했다. 모든 것을
잃는다는 생각만으로도 나는 가슴이 먹먹해져옴을 느꼈다.

나는 봄이와 함께 노래를 들으며 잠 들기 전 이런 노래를
불러 줄 예쁜 딸아이가 있음에 감사했다.

엄마가 아이에게 불러주는 자장가.

세상에서 가장 아름다운 노래임이 분명하다.

평소보다 일찍 서두른 덕분에 봄이를 학교에 데려다주고
도서관 영어 수업 시간까지 한 시간 정도 여유가 있었다. 아
침마다 봄이를 내려주고 드라이브스루로 커피를 사던 커피
전문점이 눈앞에 보였다. 비가 와서인지 여느 때보다 더 시나
몬 향기가 코를 자극했다.

언제나처럼 나는 아메리카노를 주문했다. 시나몬 파우더 세 번, 우유 조금, 나는 뚜껑을 닫고 손으로 컵을 돌리며 주위를 둘러보았다.

커피 향이 꽃처럼 피어나는 카페 한구석에서 블루투스 헤드 폰을 끼고 깨알 같은 글씨가 박혀 있는 책을 들여다보고 있는 남자의 뒷모습이 눈에 들어왔다.

가끔 손으로 머리를 만지기도 하고 아주 잠깐 고개 들어 창밖을 내다보다가 언뜻 봐도 이제 얼마남지 않은 듯한 커피를 습관처럼 입에 댔다. 내려놓으면서 눈은 여전히 책에 두고 있는 남자.

무슨 책을 읽고 있는 걸까?

어떤 음악을 듣고 있는 걸까?

그가 궁금해지기 시작했다.

우연일까?

그의 옆 테이블이 비어있다.

나는 커피를 가지고 옆 테이블에 앉았다. 내가 막 커피를 한 모금 마시는 순간 그가 책을 덮고 가방에 넣더니 자리에서 일어나 문을 열고 나간다. 커피에서 김 빠진 맥주 맛이 났다.

나는 나도 모르게 "When all is lost, then all is found"라는 노랫말을 계속해서 흥얼거리고 있었다. 시간이 한참이 지나 있었다.

영어 수업 시간에 맞춰 가려면 시간이 빠듯했다. 나는 서둘러 일어나 나가다가 지갑을 떨어뜨렸다. 지갑에서 동전 하나가 또르르 굴러 앞에 정차하고 있는 차 바퀴 밑에서 멈췄다. 2달러 짜리 동전이었다.

나는 그냥 포기할까 하다가 까만 바퀴 밑에서 유난히 반짝거리는 동전에 마음이 끌려 동전을 줍기로 했다. 그런데 막상 주우려고 보니 동전이 바퀴 밑에 끼어 차가 움직이지 않는 이상 꺼내기가 힘든 상황이었다.

차 밑으로 들어갈 수도 없고 수업 시간도 얼마 남지 않아 그냥 가야겠다는 생각을 하는 찰나, 갑자기 차 유리창 문이 열리며 한 남자가 잠시만 기다리라고 한다. 차가 움직이고 그가 차에서 내려 바퀴 밑에 있는 동전을 꺼내 들고 나를 향해 웃으면서 걸어온다.

그 남자였다.

조금 전 커피숍에서 나의 호기심을 허탈함으로 바꾸어 놓고 사라졌던 바로 그 남자.

그 남자가 유난히 반짝이는 동전을 손에 들고 말했다.

"이 동전, 당신 것 맞죠?"

서툰 영어 발음에서 이방인의 순수함이 느껴졌다.

"아, 네."

"혹시… 내가 그냥 주기 싫다고 말하면 당신에게 실례인가요?"

"음… 그냥 받으면 내가 당신에게 실례를 하는 것이죠."

"아… 그럼 핸드폰 좀 주시겠어요?"

그는 내 핸드폰에 자신의 연락처를 남기고 실례하지 않기 위해 동전을 다시 주머니에 넣고 자리를 떠났다. 나는 핸드폰을 받아 들고 수업에 늦지 않기 위해 발걸음을 재촉했다. When all is lost, then all is found.

건물 사이로 보이는 별들이 젖은 눈으로 반짝이고 있다. 내가 비 온 뒤 밤하늘을 좋아하는 이유다.

"나는 이제 너를 생각하면 손수건이 생각날 것 같아."

낮에 연재가 했던 말이다.

연재는 이곳에 와서 알게 된 봄이 같은 반 친구 엄마였다.

"우리 친구 할래?"

아이 학교 데려다주고 늘 가던 카페에서 어느 날 연재가 말했다. 그렇게 우린 친구가 되었다.

– 이승현 씨 아내분 되시나요? 정말 고민 많이 하다가 남편분 관련해서 드릴 말씀이 있어 쪽지 남깁니다. 연락처를 알 수 없어서 이승현 씨 SNS 계정을 통해 연락드립니다. 쪽지가 불편하시다면 010-○○○○-○○○○으로 문자 부탁드립니다.

직감. '이런 느낌이었구나!' 아직 겨울이 오려면 한참 멀었는데 한기가 느껴졌다.

'정말 고민을 많이 했다고? 남편과 관련된 일? 그게 뭐지? 이런 문자를 보내는 사람은 남편과 어떤 관계에 있는 거지?'

연재가 주문한 커피를 가져왔다.

"무슨 일이야? 왜 이렇게 얼이 빠져 있어?"

나는 손에 들고 있던 핸드폰을 연재에게 건넸다.

문자를 읽는 연재의 모습에서 지금 내게 일어난 일이 가벼운 일이 아님을 나는 한 번 더 직감했다.

연재가 말했다.

"아직 일어난 일은 아무것도 없어."

"아직 안 일어난 것이 아니라 이미 일어난 일인데 내가 모르고 있는 건지도."

"그러니까. 네가 모르고 있는 일은 아직 안 일어난 일인 거야."

'아직 일어나지 않은 일이라는 연재의 말이 슬펐던 걸까?' 연재가 내게 손수건을 건넸다. 베이비파우더 냄새가 났다.

처음엔 아이를 위한 유학이 아니었다. 아이를 데리고 내가 공부를 하려고 온 곳이었다. 내가 공부를 하면 아이는 무상 교육이 되니까, 아이는 덤으로 공부할 수 있을 것이라 생각했는데 막상 와보니 현실은 달랐다. 내가 공부를 하기 위해선 아이를 돌봐 줄 사람이 필요했다. 내가 다닐 학교가 아이보다 끝나는 시간이 늦었기 때문이다. 그렇게 나는 유학생이 아니라 유학생 엄마가 되었다. 내 이름 앞에 아무 수식어도 달지 않고 오로지 아이의 엄마로만 지내는 시간이었다.

아이는 하루에도 몇 번씩

"엄마, 나는 엄마가 내 엄마라서 참 좋아."라고 말해 주었다. 그럴 때마다 나는 내 꿈이 아니라 아이의 꿈을 선택한 것이 참 다행이란 생각을 했다.

유학생 엄마.

"유학생 엄마는 아프면 절대 안 돼요."

처음엔 '아파도 될 사람이 따로 있나?' 했지만 시간이 지날수록 연재의 말이 무슨 뜻인지 알 수 있었다.

말도 잘 통하지 않는 낯선 곳에서 어린아이를 데리고 살아간다는 것은 엄마가 엄마이기만 해서는 안 된다는 뜻이었다. 아빠도 되고 친구도 되고 수리공, 배관공, 전기 기사, 운동 코치… 무엇보다 중요한 건 운전과 요리.

매일 아이를 학교에 데려다주고 도시락을 싸야 했기에 운전과 요리는 필수였다. 운동복과 운동화만 있으면 되는 삶이 유학생 엄마의 삶이었다.

옆에서 잠든 아이 숨소리가 깊어졌다. 문득, "나는 어제 자서 오늘 일어나는데 엄마는 맨날 오늘 자고 오늘 일어나요."라던 봄이의 말이 떠오른다. 새벽에 잠들어 새벽에 일어나는 내 생활을 봄이는 오늘 자고 오늘 일어난다고 했다.

봄이 말대로 여섯 시에 일어나려면 자야 하는데 오늘은 유난히 잠이 오지 않는다. 낮에 온 SNS 메시지 때문이다. 연재는 아무 일 아니라고 했지만 난 계속 신경이 쓰였다.

'전화를 한 번 해볼까?'

핸드폰에서 불빛이 반짝거렸다 그것이 신호탄이었다.

핸드폰을 열었다.

- *간략히 정황을 말씀드리자면 남편분 지금 27살 여자랑 외도 중이십니다.*

'외도 중? 외도를 한 것도 아니고 지금 하는 중이라고?'

외도 중이라는 말은 하루 일과가 '회의 중, 일하는 중, 먹는 중, 자는 중'인 남편을 두고 쓸 수 있는 말이 아니었다. 나는 외도라는 단어에 어색하게 붙어있는 '진행 중'이라는 말에 안도감을 느꼈다.

'그래. 기우였어.' 하며 전화번호를 삭제하려고 하는데 핸드폰이 또 반짝거렸다.

- *저는 그 여자의 연인이었고 지금은 헤어진 상태입니다. 물론 남편분 때문입니다.*

그 이후로 계속해서 울리는 짧은 메시지는 남편의 외도가 언제부터 어떻게 시작되었고, 지금 어떻게 진행 중이며 앞으로 이렇게 진행될 것이라는 내용이었다. '그것이 알고 싶다' 같은 방송 프로그램에서나 나올법한 얘기들.

나는 남편의 외도 사실을 과거, 현재, 미래 진행형으로 구분해서 구체적으로 보여주고 있는 남편 외도 진행형 삼 종 세트 문자를 읽고 또 읽었다.

새벽이 오고 있었다.

전화번호 삭제 버튼은 누르지 않았다.

언제나처럼 아이를 학교에 내려주고 커피 한 잔을 마시며 연재를 기다렸다 창 밖으로 연재 차가 보였다. 나는 연재가 좋아하는 카페 라떼 한 잔을 주문했다. 연재는 주문한 라떼를 찾아들고 서둘러 자리에 앉았다. 연재가 데리고 온 바람 냄새가 시원했다. 연재는 커피 한 모금을 마시고 내가 말할 때까지 아무것도 묻지 않았다.

"연재야, 나 몸속이 젖은 시멘트로 가득 찬 것 같은 기분이야. 어젯밤 연락이 또 왔어. 처음엔 사실이 아니라고 생각했는데 메시지를 읽으면서 나도 모르게 사실이 아니기를 바라고 있더라고… 내가"

"세진아, 그런 메시지를 받고도 남편을 의심하지 않는 여자는 없어."

"그 연락처 진짜일까? 사실, 처음엔 보이스 피싱 사기라 생각했는데 남편에 대해 너무 자세히 알고 있으니까 의심이 되기도 하고 그러네."

"세진아, 그 전화번호로 연락하기 전에 남편을 먼저 잘 살펴봐. 남편이 전과 달라진 거 없어?"

"달라진 거? 글쎄 난 못 느꼈는데….”

"앞으로는 남편과 통화할 때는 무조건 페이스 톡으로 해. 늘 통화했던 시간 말고 다른 시간에. 일단 이렇게 해보고 이상한 점을 못 느꼈으면 그 전화번호가 이상한 것일 수도 있어.”

나는 처음으로 나를 만나기 전의 연재가 궁금했다.

유학생 아빠 승현

　식당은 걷기에 충분한 거리에 있었다. 답답할 땐 매운 것이 최고라는 연재의 권유로 우린 한인 타운에 있는 쭈꾸미 맛집으로 갔다. 연재와 나는 의자에 앉아 물티슈로 손을 닦았다. 물티슈의 차가운 느낌이 좋았다. 시원한 사이다 생각이 났다. 손을 닦으며 보니 어제와 다르게 손이 부어 있다. 양 손가락 깍지를 껴본다. 꽉 낀 바지를 입은 듯한 느낌이 들어 몇 번 손가락을 접었다 폈다 하는 사이 음식이 나왔다. 음식을 탁자에 내려놓으시는 이모님 손길이 분주해 보였는데 결국 된장찌개를 옮기다가 찌개 국물이 이모님 손에 쏟아졌다. 괜찮냐는 나의 물음에 이모님은 미안해하시며 괜찮다고 하셨다. 나는 얼른 된장찌개를 숟가락으로 떠먹어 보았다. 다행히 된장찌개가 손을 데일 만큼 뜨겁지는 않았다.
　두부와 호박, 양파, 그리고 대파와 마늘로 맛을 낸 된장찌개였다. 깔끔하고 단정한 맛이다. 메인 음식이 오기 전에 세 팅된 밑반찬 역시 단촐하지만 정갈한 느낌이다. 백김치, 콩나물, 당근과 양파를 넣은 어묵볶음, 고춧가루로 양념한 무생채.

　나는 입 안 가득 침이 고이는 것을 느꼈다. 맵지 않은 음식이 많이 나온 밑반찬을 보니, 쭈꾸미 볶음이 매울 것 같다는 생각이 들었기 때문이다.

　드디어 메인 음식 쭈꾸미가 불판에 담겨 지글지글 소리를 내며 탁자에 올려졌다. 매운 냄새가 먼저 코를 자극하더니 보기만 했는데도 연재의 이마엔 벌써 땀이 송글송글 맺혔다. 나는 쭈꾸미를 넣어 비벼 먹을, 상추가 담겨져 있는 큰 그릇에 밥을 반만 넣고 숟가락으로 쭈꾸미를 덜어 넣고 콩나물도 넣었다. 젓가락에 와서 부딪치는 쭈꾸미의 감촉이 푸딩을 건드리는 느낌과 비슷했다. 보이기는 터질 것처럼 위태로워 보이지만 막상 만지면 탱글탱글한 속살이 자꾸 장난을 거는 것 같은 기분이 들었다.

　쭈꾸미를 젓가락으로 꾹꾹 누르다 젓가락이 미끄러져 하얀 옷에 빨간 쭈꾸미 양념이 튀었다.

　'귀찮아도 앞치마를 할 걸…'

　귀찮음은 늘 후회를 불러온다.

　나는 물티슈 하나를 더 달라고 해서 셔츠에 묻은 양념을 닦아냈다. 너무 극과 극의 색이어서 붉은 기가 쉽게 없어지지 않았다. 자국은 생기기 전에 조심해야지 그렇지 않으면 쉽게 사라지지 않는다. 나는 왼손으로 밥을 한 숟가락 퍼서 들고 나머지 한 손에 든 젓가락으로 쭈꾸미 한 점을 밥 위에 올려놓았다. 아삭한 콩나물과 적당히 익은 당근이 씹혀지는 소리가 귀에 들린다. 그 소리에 집중해 보니 그동안 밥을 먹으면서 이렇게 큰 소리를 어떻게 듣지 못했을까 하는 의문이 들었다.

"그동안 어떻게 모를 수가 있었을까…?"

"너무 크거나 작은 소리는 오히려 안 들릴 수 있는 것 아닐까?"

나도 모르게 내뱉은 말에 연재가 대답했다.

씹는 소리에 집중하다 보니 그 소리 때문에 잠시 인식하지 못했던 매운맛이 입안에 가득 퍼졌다. 숨을 쉴 때마다 매운 맛이 들락날락했다. 된장찌개를 한 숟가락 먹었더니 마치 한지에 먹이 퍼지듯 혀 끝에 있던 매운맛이 혀 전체로 퍼졌다. 온몸의 작은 세포 구멍이 모두 열린 것처럼 땀이 난다. 백김치 한 조각을 젓가락으로 집어 입에 넣었다. 음식을 오래 씹는 편이 아니었으나 이번 만은 매운맛을 가시게 하기 위해 오래오래 김치를 씹었다.

처음엔 시기만 했었는데 한참이 지나니 단맛이 났다. 김치 이전의 배추 본연의 맛이었다. 시간은 공들인 만큼 깨달음을 주는 것 같다.

나는 숟가락을 놓았는데도 아직 가시지 않은 붉은 맛을 없애기 위해 찬물을 한 잔 따라 마셨다.

"연재야, 오늘 잘 먹었어. 아무 말 않고 같이 조용히 밥 먹어줘서 고마워. 덕분에 밥 먹으면서 생각이 많이 정리되었어."

"다행이야. 난 가끔 그런 생각이 들거든 속 시끄러울 땐 누군가 그냥 내 옆에 그림자처럼 있어 주기만 했으면 좋겠다는."

우리는 식당을 나와 걸었다. 길가엔 붉고 노란 가을이 알록달록한 사탕 껍질처럼 흩어져 있었다.

기러기 아빠.

자녀 교육을 목적으로 부인과 아이들을 외국으로 떠나보내고 홀로 한국에 남아 뒷바라지하는 전 세계에서 대한민국에만 산다는 조류 인간.

이들은 재력과 형편에 따라 세 개의 등급으로 나뉜다.

명절이나 휴가철 등 1년에 한두 번 가족과 상봉하는 원조

기러기 아빠, 탄탄한 재력과 여유 있는 직업 덕분에 마음 내키거나 시간 날 때면 수시로 외국을 드나들고 가족들도 방학 때마다 불러들이는 독수리 아빠, 그리고 경제적 부담 때문에 오지도 가지도 못한 채 생이별을 하고, 공항에서 손만 흔드는 펭귄 아빠.

남편은 독수리 아빠였다.

교수라는 직업이 돈을 잘 버는 직업은 아니었지만, 재력가이신 아버님 덕분에 돈 버는 재주가 없어도 돈에 구애받지 않고 하고 싶은 것은 다 하며 사는 남편이었다.

나는 내일 가지고 갈 봄이의 도시락 메뉴를 손질해서 냉장고에 넣고 건조기에서 옷을 꺼냈다. 이제 막 건조가 끝난 빨래는 따뜻했다. 나는 빨래를 가슴에 안고 얼굴을 묻었다. 지난번에 왔다가 두고 간 남편의 옷 속에 남편 냄새가 숨어 있었다. 문득 낮에 연재가 했던 말이 떠오른다. 남편 모습이 전과 달라진 것은 없었냐던….

그러고 보니 남편이 지난번에 왔을 때 달라진 모습이 하나 있기는 있었다.

남편은 사진에 통 관심이 없는 사람이었는데 그때는 좀 달랐다. 사진을 찍어 주겠다면서 나와 봄이에게 여기저기 서보라고도 하고, 하늘의 구름을 찍기도 하고, 심지어 거리를 배경으로 자신을 찍어 달라고도 했다.

자기도 그런 행동이 겸연쩍었는지 물어보지도 않았는데,

"핸드폰을 샀는데 카메라 성능이 좋으니까 자꾸 찍게 되네."라며 웃었다. 나는 갑자기 사진에 진심이 된 남편이 낯설었지만 싫지 않았다.

"서 보라고 하지 않아도 스스로 포즈 취하고, 내가 사진 찍어달라고 안 해도 오빠가 알아서 찍어 주고 하니까 완전 좋다."

우린 그날 그렇게 서로를 자신의 핸드폰에 담았다.

오늘은 봄이 학교 현장학습이 있는 날이다.

연재와 나는 운전 자원봉사자로 아이들과 함께했다.

아이들을 데려다주고, 우리는 아이들 끝나는 시간까지 근처 공원을 산책하기로 했다. 공원은 어디 하나 가을이 아닌 곳이 없었다. 연재는 땅에 떨어진 가을 몇 개를 주워 그중 하나를 내게 건네며 물었다.

"괜찮아?"

나는 연재의 질문에 괜찮다고도 안 괜찮다고도 대답할 수가 없었다.

"연재야, 나무가 제 몸의 나뭇잎을 다 떨어내지 않으면 가을이 이렇게 아름다울 수 없겠지?"

"아마도 그렇겠지."

연재는 내 마음을 아는 것도 같고 모르는 것도 같은 얼굴로 고개를 끄덕였다.

"세진아, 어쩌면 가을 나무가 제 잎을 다 떨어뜨리는 것은 겨울을 견디기 위해서 인지도 몰라. 나뭇잎을 모두 다 달고 추운 겨울을 버틸 순 없으니까."

"아! 가벼워야 나무가 버틸 수 있는 거구나."

"너도 다 털어내 봐. 다 털어내면 네가 견뎌야 할 것이 무엇인지 보이지 않을까?"

연재는 선배로서 이미 자신이 걸었던 길을 따라 걸어오는 후배에게 길을 안내하듯 다음에 내가 가야 할 길을 얘기해 주었다. 연재는 남편에게 먼저 물어보지 말라고 했지만, 나는 남편에게 직접 물어보기로 했다. 모두가 같은 길을 가야 하는 것은 아니니까.

나는 남편에게 문자를 보냈다.

– 며칠 전, 진짜인지 가짜인지 알 수 없는 메시지를 받았어. 오빠가 나 없이 나이를 먹으면서 가졌던 흥미가 다른 여

자였다는. 팩트가 궁금해.

남편에게 곧바로 전화가 왔다.

"세진아, 나 그 문자 봤어. 내가 27살 난 여자와 바람이 났다는. 그 문자 맞지?"

"응, 오빠가 지금 외도 중이라는⋯."

"보낸 사람은 그 여자 남자 친구고?"

"맞아, 오빠 때문에 헤어지게 됐다고⋯."

남편은 퍼즐 조각 맞추듯 내가 받은 메시지 내용을 일일이 확인하며 그 메시지가 진짜가 아님을 확인시켜 주었다.

"세진아, 그 메시지 내가 아는 동료 교수도 받았어. 그래서 여기서도 한바탕 난리가 났었어. 눌이 사귀다가 얼마 전에 헤어졌는데, 헤어진 남자 친구가 여자에게 헤어지기 싫다고 매달렸나 봐. 여자 친구가 거절하니까 여자 친구 핸드폰에 저장되어 있는 몇몇 사람들에게 마구잡이로 메시지를 보낸 거지. 메시지 보낸 남자는 지금 경찰 조사받고 있어. 상대 여자 아버지가 명예훼손으로 고소를 했거든. 그 아버지가 경찰이시래."

"명예훼손이면 오빠가 해야 하는 거 아니야?"

"나도 나지만, 너도 메시지 봤잖아. 자기 딸에 대해 그런 문자가 나돌고 있는데 그걸 가만둘 아빠가 어디 있겠어?"

"그런데 왜 하필 오빠가 대상이야? 오빠랑 잘 아는 사람이 야?"

"우리 과 조교야. 얼마 전 학생들과 함께 술을 마신 적이 있었는데 그때 학생들이랑 사진도 찍고 했거든. 마침 그날 조교가 내 옆에 앉았었고. 그 친구 핸드폰 최근 사진에 내 사진이 몇 장 있었대. 그래서 내가 타깃이 된 거고"

"내 연락처는 어떻게 알았지? 내 연락처는 조교 핸드폰에도 없잖아?"

"그러게, 그건 나도 모르겠네. 네 핸드폰으로 직접 톡이나 문자를 받은 거야?"

"아니, 그건 아니고… 아! 알았다 오빠 SNS 계정 타고 들어온 거구나. 그래서 본인 연락처 남기고 나에게 전화하라고 한 거구나. 내 연락처를 모르니까."

마지막 남은 퍼즐 조각 하나까지 모두가 제 자리를 찾았다.

"오빠, 진짜 많이 놀랐겠다."

"놀랐지. 갑자기 여기저기서 연락이 막 오고. 그런데 너에게까지 메시지가 갈 줄은 몰랐어. 너도 많이 놀랐지?"

"놀랐다기보다 허탈했다고 해야 하나. 내가 분명 여기 있는데 내가 사라지는 모습을 보고 있는 것 같은 기분?"

"나에겐 그냥 사건이었는데 너에겐 상처였구나. 미안하다."

남편의 미안하다는 말이 나를 꼭 안아주었다.

전화를 끊었다. 조금 전까지만 해도 남의 편이던 남편이 내 편이 되어 있었다. 점 하나 차이로 남이 님이 되는 순간이었다. 오랜만에 내 편에게 편지를 썼다.

이승현

오랜만이네. 오빠 이름을 부르는 거.

나 오빠 이름 참 좋아했었는데. 그래서 승현이라고 부르다가 어머니께 한 소리 듣고 그때부터 호칭 때문에 한참 고생했던 생각 난다. 승현이라고 부르니까 좋다. 옛날 생각도 나고. 나 얼마 전 오빠에 관한 메시지를 받았을 때 처음엔 이상하리만큼 침착했어. 믿지 않아서 그런 걸까?

그러다가 오빠 신상을 구체적으로 알고 있는 메시지를 계속 받으니까 메시지를 자꾸 읽게 되고 마술에 걸린 듯 그 글 속으로 빠져들게 되더라고. 길지 않은 시간이지만 내가 사라지는 기분이었어. 그거 알아? 고속도로변에 누군가 버려두고 가버린 낡은 고물 자동차가 된 것 같은 기분?

오빠, 내가 그 메시지 받고 처음으로 한 일이 뭔지 알아?

내가 글쎄, 나도 모르게 거울 앞에 서서 얼굴에 팩을 붙이고 있는 거 있지. 나 진짜 웃기지?

오빠, 언제부터인지 살면서 점점 간절하게 갖고 싶은 것이 없다는 생각을 했었어.

그런데 이번 일을 겪고 나니 알겠더라.

내가 이미 갖고 있는 것이 내가 가장 간절하게 갖고 싶은 거였다는 것을.

오빠가 날 속였다는 사실은 오빠를 빼앗겼다는 거였고 그건 내가 갖고 싶은 거였어. 그러니까 내가 살면서 가장 놓고 싶지 않은 것이 이승현이라는 거지.

떨어져 있는 시간이 얼마가 될지 모르겠지만, 우리 서로에게 보여주고 싶은 가장 멋진 모습으로 살다가 만나자.

그것이 서로에게 줄 수 있는 가장 큰 선물이니까.

이승현

사랑해

봄이 자람

"난 하루에 한 번씩은 꼭 어려움에 처하는 것 같아. 아메리카노를 먹을지 라떼를 먹을지."

연재가 주문한 라떼를 손에 들고 자리에 앉으며 말했다.

"그치. 그건 짜장면과 짬뽕을 고를 때처럼 어려운 일이지."

나는 내 앞에 놓여 있는 아메리카노를 마시며 고개를 끄덕였다.

나는 연재에게 며칠 전 남편과 통화한 이야기를 했다. 연재는 내가 이야기를 끝낼 때까지 아무것도 묻지 않고 그냥 듣기만 했다. 연재에게 이야기를 하고 나니, 이것저것 마구 쑤셔 넣고 닫아놓은 방처럼 어지러웠던 마음이 모두 제 자리를 찾은 기분이 들었다.

"그럼 이제 괜찮은 거야?"

연재는 늘 나에게 괜찮냐고 물었다. 나는 연재가 그렇게 물으면 뭐가 괜찮은 건지 잘 몰라도 언제나 괜찮다고 대답했다.

"응, 괜찮아. 계절은 봄이 지나가야 여름이 오고 가을이 오는 거지만 감정은 순식간에 겨울에서 봄이 되기도 하더라고. 아무리 소란스러웠던 시간도 지나가 버리면 소리가 사라지나 봐. 그래서 기억은 소리가 아니라 장면으로 남는 것 같아."

"소리가 사라져도 남는 기억이라…."

연재는 내가 한 말을 다시 되뇌며 무슨 말을 하려다 이내 접어 버렸다. 연재의 이런 모습을 볼 때마다 나는 연재가 궁금하다.

"세진아, 하나만 약속해 줄래?"

"약속? 무슨 약속?"

"언제가 될지는 모르겠지만 내가 너에게 소리가 사라진 내 기억에 대해 얘기할 때, 그냥 '괜찮아. 그럴 수 있어.'라고 말해 준다는 약속."

"연재야, 무슨…?"

"아니, 할 말이 있다기보다는…. 가끔은 엉뚱한 짓을 하고 있는 내게 누군가 따끔한 충고 대신 괜찮다고 말해주면 참 좋겠다는 생각을 했거든. 나를 비난하지 않고 받아주는 그 누군가가 너라면, 내 존재에 대해 안심할 수 있을 것 같아서."

"그래 뭔지는 모르겠지만 네 편 해줄게. 네가 그랬던 것처
럼."

창 밖으로 가을이 지나가는 모습이 보인다.

바람이 지나가는 사람들 옷자락 속으로 숨어든다.

며칠 전, 노트를 샀다. 노트를 들고 공원에도 가보고 바닷
가 백사장에 앉아 있어 보기도 하고, 사람들로 북적이는 카페
에 몇 시간 씩 앉아 있어 보기도 했지만, 노트는 언제나 백지
였다. 나는 그렇게 노트를 한참 들여다보다가 노트 가운데에
오늘 할 일, 저녁 메뉴, 글쓰기 등등의 글자를 쓰고 공백 가득
한 수첩을 덮었다. 이렇게 매일 낙서 같은 글을 쓰다 보니 하
루하루가 낙서처럼 느껴지기도 한다. 이러다가는 작품은 커
녕 해야 할 일들로만 가득 찬 노트를 가지고 한국으로 돌아
가야 할지도 모르겠다.

휴대폰이 울렸다. 연재였다.

"세진아 디즈니 아이스 표가 생겼는데 봄이 자람 데리고
보러 갈까?"

"좋지. 그렇지 않아도 보고 싶었는데 잘됐네."

봄이 자람.

우리가 봄이와 자람이를 함께 부르는 말이다.

"엄마 우리 반에 한국에서 온 친구가 있는데 내 짝꿍이에요. 근데 그 친구 이름이 자람이래요. 그래서 우리 이름을 합치면 봄이 자람이에요."

"우와, 진짜 신기하다. 이제 봄이는 자람이가 있으니까 쑥쑥 자라겠네."

친구를 사귀는 것은 구두를 고르는 것과 비슷하다. 아이를 키우면서 점점 발에 맞는 구두를 고르는 것이 쉽지가 않다는 생각이 든다. 240과 245의 중간 사이즈는 없기 때문이다. 나이가 드니 키는 주는데 발이 자꾸 커지는 것 같다. 235였던 발이 이제 240을 신어도 남는 느낌이 없다. 240은 끼고 245는 너무 크고.

소세진, 우연재.

'소 우.' 성씨에 '소 우' 자를 쓰는 사람은 없겠지만, 나는 소처럼 큰 눈을 가진 연재를 처음 만났을 때 '봄이 자람' 처럼 우리 역시 이름에 공통점이 있다는 생각을 했다.

우리는 서로에게 딱 맞는 신발이었다. 무턱대고 달려들어도 껴서 아프거나 헐떡거려 벗겨지지 않는 발에 꼭 맞는 신발.

"오늘도 즐거운 하루! 잘 다녀 와!"

나는 봄이를 내려주고 봄이가 교실로 들어가는 뒷모습을 지켜보았다. 봄이는 가끔 뒷모습으로 말을 한다. 오늘 봄이의 뒷모습은 맑았다. 주차장에서 나오는데 연재 차가 학교로 들어오는 모습이 보였다. 인사를 하려고 차 창문을 내렸는데 운전하는 사람이 연재가 아니었다. 자람이 아빠가 왔나 보다.

핸드폰이 울렸다.

나는 스피커폰 버튼을 눌렀다.

"여보세요. 세진아, 나야 연재."

"응, 그러지않아도 방금 너 봤어. 자람이 아빠 오셨나보네."

"응, 어제 출장 가는 길에 들렀대. 일주일 예정이니까 우리 일주일 뒤에 보자."

"그래. 자람이가 좋아하겠네, 좋은 시간 보내고 나중에 봐."

제이크

문을 여는 순간 커피 향보다 음악이 먼저 아는 척을 한다.

이곳은 늘 재즈 음악이 흐르는 곳이다.

그래서 커피 소주가 생각나는 곳이다.

커피 소주.

소주든 맥주든 위스키든 알코올의 종류와 상관없이 맥주 컵 반 잔 정도면 취하는 나의 주량을 보시고 전에 다니던 성당 신부님께서 만들어 주신 제조주 이름이다.

신부님께서는 나 같은 사람은 술이 아니라 술의 향에 취하는 거라 하셨다.

그래서 술 냄새만 맡아도 취하는 거라시며 술에 커피를 타 주셨다.

그때부터였던 것 같다.

술자리엔 으레 커피를 가지고 갔던 것이.

그리움이란 이렇듯 예고도 없이 찾아와 빈 가슴에 찬바람을 불어넣는다.

더욱이 오늘처럼 비가 내리고 재즈가 흐르는 날엔 더욱더. 오늘은 왠지 커피에 우유를 타고 싶지 않았다. 우유로 인해 커피 온도가 내려가는 것도, 커피색이 흐려지는 것도 싫어서….

제목도 모르는 재즈에 마음을 다 내주며 평소보다 뜨거운 커피를 두 손으로 모아 쥐고 비 내리는 창 밖을 바라본다. 한 남자가 비를 맞고 서 있다. 그는 모자가 달린 겉옷을 입었음에도 모자를 쓰고 있지 않았다.

하늘을 올려다보기도 하고 손을 뻗어 빗방울을 손바닥 위에 가만히 얹어보기도 하는 모습이 왠지 비를 처음 보는 사람인 것 같았다.

그가 카페 안으로 들어오려는지 옷에 묻은 빗방울을 턴다. 문을 열고 남자가 들어왔다. 나는 그 남자의 얼굴을 기억했다. 며칠 전 동전을 주워주며 자신의 전화번호를 알려주었던 남자였다.

남자는 구석진 창가에 앉아있는 나를 보지 못했다. 남자가 주문한 것을 들고 빈자리에 앉았다.

나는 남자의 뒤에서 남자의 모습을 바라보았다. 나는 물건을 사도 뒤집어서 뒷면을 먼저 본다. 모든 상품은 뒷모습에 놓치면 안 될 것들이 적혀 있기 때문이다. 나는 적혀 있어야 할 것이 빠져 있는 상품은 사지 않는다 사람도 마찬가지다.

나는 뒷모습으로 말을 하는 사람을 보는 것을 좋아한다. 가만히 그의 뒷모습을 쳐다보았다. 나는 책을 읽고 있는 그의 뒷모습에 무엇이 적혀 있을지 궁금했다. 그는 한 손으론 턱을 괴고 다른 한 손으론 책장을 넘기고 있다.

주문한 커피를 마시지도 않고 책에서 눈을 떼지 못하고 있는 그를 보면서, 나는 지금 그가 읽고 있는 장면이 풀어놓은 이야기가 꽉 조여드는 부분일 것 같다는 생각을 했다.

'옳지 않은 것을 마치 옳은 일인 양 뻔뻔하게 설득하는데 묘하게 설득당하고 있는 노통브 소설을 읽고 있는 건가.'

나는 안으로 조여드는 그의 두 어깨에서 긴장감을 느꼈다. 그리고 은유로 가득 찬, 그래서 읽기는 하지만 읽지 않는 것 같다는 프레텍스타(노통브의 소설 살인자의 건강법에 나오는 작가)를 그의 뒷모습에서 보았다.

그의 어깨가 점점 한쪽으로 기울어졌다.

나는 45도만큼 기울어진 그의 생각이 궁금해서 견딜 수가 없었다. 나는 가방에서 핸드폰을 꺼냈다.

'동전 남자'

내 손가락이 동전 남자라고 적힌 연락처를 누를까 말까 고민하고 있는데 그 남자는 어느새 자리에서 일어나 문을 열고 밖으로 나가고 있었다.

나는 알 수 없는 허탈함을 만지작거리던 핸드폰과 함께 주머니에 넣고 아직 식지 않은 커피를 챙겨 도서관으로 갔다.

오늘은 도서관 ESL 프로그램이 있는 날이다.

ESL 프로그램은 비영어권 국가에서 온 사람들을 대상으로 하는 도서관 영어 수업이다. 기초부터 고급까지 레벨이 나누어져 있어서 자신의 수준에 맞게 공부할 수 있게 되어 있었다. 나는 한국에서도 꾸준히 영어 공부를 해왔기 때문에 의사소통에 큰 불편함이 없는 사람들이 모여 주제 토론을 하는 수업을 선택했다. 나는 주제 하나를 놓고 사람들이 자유롭게 자신의 의견을 말하는 수업 방식이 마음에 들었다. 강의실에 들어서니 오늘은 왠지 평소보다 인원이 많아 보였다. 빈자리를 찾아 앉으려는데 누군가가 다가와 아는 척을 했다. 동전 남자였다.

"안녕하세요? 저 기억하시죠? 동전…"

"그럼요, 동전."

'아, 수업 때문에 아까 카페에서 그렇게 서둘러 나간 거였

구나.'

나는 좀 전에 카페에서 봤다는 말을 할까 하다가 수업 시작 시간이 얼마 남지 않아 가벼운 눈인사를 건넨 후 빈자리에 앉았다.

오늘은 인원이 많은 관계로 팀별로 나누어 이야기를 하고 팀 별 대표가 함께 나눈 이야기를 정리해서 발표하는 방식으로 진행이 되었다. 오늘 이야기 주제는 여행이었다. 내 차례가 되었다. 나는 지금 아이와 낯선 나라에서 살아보기 여행을 하고 있는 중이라고 말했다. 사람들이 많아 짧게 말하고 끝내려는데 그가 물었다.

"지금 하고 있는 여행이 즐거운가요?"

"아, 네. 아마도요."

수업이 끝났다. 여기저기서 잘 가라는 인사가 들려왔다. 나는 내 옆자리에 앉았던 릴리에게 다음에 만나자는 인사를 했다. 릴리는 페르시아에서 왔다고 했다. 나는 강의실을 나오며 눈으로 그를 찾았지만 그는 이미 강의실에 없었다. 봄이를 데리러 가려면 아직 시간이 남았다. 나는 도서관에 자리를 잡고 며칠 전에 산 노트를 펼쳐 'travel'이라고 썼다. 분명 똑바로 썼는데 아직 제 자리를 찾지 못해 두리번거리는 사람처럼 글자가 삐뚤어 보였다.

"여행 좋아하세요?"

나는 소리 나는 쪽으로 고개를 들었다.

아까 수업 시간에 내게 여행이 즐겁냐고 물었던 동전 남자였다. 남자는 내 앞자리에 앉아 영어책과 노트를 꺼내며 다시 물었다.

"여행한 곳 중 가장 기억에 남는 곳이 어디예요?"

나는 내가 좋아하는 드라마의 대사 중의 한 대목.

'쿠바에 가면 석양이 아름다운 곳이 있어요. 그곳은 시작하는 연인들이 가면 좋은 곳이에요. 그곳에서 함께 석양을 본 눈으로 상대를 바라보면 사랑에 빠지지 않을 수가 없거든요.' 라고 말하고 싶었지만 "지금 여기요."라고 대답했다.

그는 "저도요. 저도 캐나다 좋아요."라며 자신의 노트를 내 앞으로 내밀었다. 자신의 스케줄이 빽빽하게 적혀있는 노트였다. 하루가 영어 공부로 시작해서 영어 공부로 끝나는 스케줄이었다.

"여기, 동전이요!"

그가 동전을 내밀며 말했다.

"그러지 않아도 오늘 전화하려고 했어요. 제 이름은 제이크예요. 인도에서 왔어요. 아내와 아들은 여기 살고 저는 세 달에 한 번씩 여기에 와서 한 달 정도 머물러요. 항상 이 도서관에서 공부를 해요. 영어로 이야기하고 싶으면 여기로 와요."

일 년에 몇 번씩 왔다갔다하며 꾸준히 영어를 공부하고 있어서인지 그의 영어 실력은 나쁘지 않았다.

"실례가 안 된다면 제안을 하고 싶어요. 수업 끝나고 영어로 그날 배운 주제를 가지고 대화 나누는 거 어때요? 사실 동전 주운 날, 이 말을 하고 싶었어요."

나 역시 영어로 대화할 사람이 필요했다.

영어로 이야기하고 싶으면 여기로 오라는 말. 나는 그 말이 무슨 뜻인지 알 것 같았다. 그도 나처럼 영어로 이야기 나눌 상대가 필요했던 것이다.

캐나다에 오면 영어로만 이야기할 줄 알았는데 한국 커뮤니티 안에서 생활하다 보니 영어로 이야기할 기회가 생각보다 많지 않았다. 스몰토크 위주의 생활영어를 빼면 사실 영어보다 한국어를 더 많이 사용했다.

"그거 좋네요. 제 이름은 지니에요. 저는 한국에서 왔어요. 나라만 다를 뿐, 상황이 비슷하네요. 저는 아이를 데리러 가야 해서 이제 가봐야 해요. 동전 값은 제가 다음에 커피 사는 걸로 할게요."

인사를 하고 일어나는데 그가 자기 스케줄표를 나에게 건넨다. 나는 엉겁결에 그것을 받아 들고 도서관을 나왔다.

학교에 도착했다. 봄이가 친구들과 나오는 모습이 보였다. 자람이는 보이지 않았다. 봄이는 나를 보더니, 자람이는 아빠가 일찍 데리고 갔다며 친구들과 운동장에서 조금 놀고 가면 안 되냐고 물었다. 나는 봄이에게 그러라고 했다. 봄이가 철봉에 매달려 한 팔, 한 팔 앞으로 나가며 큰 소리로 웃는다.

'얼마 전까지만 해도 철봉에 매달리지도 못했었는데…'

나는 봄이의 여린 손가락에 박힌 굳은살이 생각났다. 봄이는 이제 캐나다 생활에 굳은살이 조금씩 박히고 있는 것 같다. 나는 봄이에게 엄지손가락을 들어 올리며 최고라고 해주고 이제 그만 가야 한다는 손짓을 했다.

오늘은 봄이 스케이트 강습이 있는 날이다.

나는 봄이가 스케이트를 타는 모습을 볼 때마다 '오늘은 봄이가 넘어지려나…' 하는 생각을 한다. 봄이는 스케이트를 배우면서 단 한 번도 넘어지지 않았다. 넘어지지 않았다는 것은 여전히 두려워하고 있다는 것이다. 옆에서 스케이트 타는 모습을 보고 있던 소피아 엄마가 내게 물었다.

"봄이는 넘어지지도 않고 잘 타네요."

"봄이는 지금 여기서 스케이트를 타는 아이들보다 오래 탔어요. 넘어지지를 않아서 계속 레벨 업을 못하고 있네요. 넘어져야 잘 타는 거예요. 소피아는 넘어지는 것을 두려워하지 않아서 앞으로 잘 탈 것 같네요."

나는 오늘도 넘어지지 않고 강습을 마친 봄이에게 여전히 엄지손가락을 들어 최고라고 말해주었다. 나는 봄이에게 다음 번 수업에선 꼭 넘어지기를 바라며 넘어지는 것에도 연습이 필요하다고 말하려다 그만두었다. 어쩌면 봄이 스스로 깨달을 때까지 기다려 주는 것이 내가 넘어지는 연습일지도 모르는 것일 테니.

다음 날도 그다음 날도 자람이는 학교에 오지 않았다. 연재에게도 연락이 없었다. 나 역시 오랜만에 모인 기러기 가족의 재회를 방해하고 싶지 않아 연재에게 연락하지 않았다.

나는 이곳에 와서 유학생 아빠만 독수리, 기러기, 펭귄으로 분류되는 것이 아니라 여기 살고 있는 엄마들도 남편 능력에 따라 똑같이 분류된다는 사실을 알았다. 넉넉한 돈으로 외국에 집과 대형 자가용을 마련하고 시간 나면 골프와 쇼핑을 일삼는 독수리 엄마, 자신이 직접 아이를 데리고 유학을 와서 1년에 한두 번 남편과 만나는 기러기 엄마, 그리고 한국에서 고생하는 남편에 대한 미안함과 외국 생활에서도 넉넉지 못한 살림살이를 해야 한다는 부담감에 시달리며 아빠 노릇까지 하는 펭귄 엄마.

내가 생각하는 연재는 기러기 엄마였다. 집이나 차는 좋았지만 골프를 치러 다니는 것도 아니었고 남편은 일 년에 한 번 정도 오는 것 같았기 때문이다.

연재가 없는 동안 나는 봄이를 학교에 데려다주고 매일 영어 수업을 듣기 위해 집 근처 도서관으로 향했다. 늘 앉던 자리에 가서 가방을 놓는데 동전 남자가 앞에 앉아 있었다. 요즘들어 내 생활 동선에 자주 등장하는 그였다. 며칠 전 그가 건네 준 스케줄 표에 딸려 온 글 때문인지 나는 그가 점점 더 궁금해지기 시작했다.

'I love you because the entire universe conspired to help me find you'

'나는 당신을 사랑해요. 온 우주가 내가 당신을 찾는 것을

도우려 했거든요.'

그가 나에게 준 스케줄표 뒷장에는 정성이 한가득 든 글씨체로 이렇게 쓰여있었다. 아마도 책을 읽다가 문구가 좋아 적어 놓은 듯 보였다. 예전에 연금술사를 읽으며 나 역시 노트에 적은 기억이 있는 글귀였다.

ESL 수업이 시작되었다. 그가 나를 보고 인사를 했다. 그는 오늘도 나와 같은 팀이 되었다.

'Memory'

오늘의 주제였다.

칠판에 기억에 관한 열 개의 질문이 쓰여 있었다.

우리 팀이 선택한 질문은 '인생에서 가장 지우고 싶은 기억은 무엇이며 그것은 언제였나?'였다. 아만다가 먼저 이야기를 시작했다.

"5년 전에 남편을 교통사고로 잃었어요. 남편은 트럭 운전사였어요. 가끔 운전을 해서 국경을 넘어가기도 했는데 마침 그때 사고가 났어요. 다른 나라에서 일어난 사고라서 남편의 시신을 가져오는데만 한 달이 걸렸어요. 제가 가장 잊고 싶은 순간은 남편이 죽은 지 한 달이 넘어 남편의 시신을 양도받아 장례식을 치르던 그날입니다."

우리는 모두 아만다에게 위로의 눈빛을 전했다.

아만다 옆에 앉았던 릴리가 아만다의 손을 잡은 채 이야기를 꺼냈다.

"저는 지우고 싶은 기억이 있었는데 그 기억이 정말로 지워져 기억이 나지 않아요. 기억을 잃고 나니 지우고 싶었던 기억조차 기억하고 싶어지네요.."

릴리는 수업 때마다 반갑게 인사 나누는 페르시아 친구였다. 언제나 밝은 얼굴로 환하게 웃는 릴리에게 그런 아픔이 있을 줄은 몰랐다. 나는 이야기를 마친 릴리를 보고 릴리처럼 웃어주었다.

릴리 옆자리는 그 남자였다.

그 남자는 이야기를 시작하기 전에 지갑에서 사진을 한 장 꺼내 우리에게 보여 주었다. 사진에는 온몸을 붕대로 감고 병원에 누워있는 남자가 있었다.

"다들 사진 보셨죠? 그 남자가 바로 접니다."

나는 사진 속의 남자와 지금 여기서 이야기를 하고 있는 남자를 번갈아 쳐다보았다.

"이 사진은 이십 대의 제 모습입니다. 여러분의 이십 대는 어떠셨나요? 대부분의 사람들에게 이십 대는 가장 기억하고 싶은 일들이 많았던 시간일 것입니다. 하지만 저에게 이십 대는 제 인생에서 가장 지워버리고 싶은 기억이 많았던 때입니다. 저는 이십 대의 반을 이런 모습으로 병원에서 보냈으니까요."

나는 한 사람 한 사람 손을 거쳐 마지막에 내 손에 쥐어진 그의 사진을 다시 그에게 건네주었다. 릴리가 그에게 물었다.

"잊고 싶은 기억이라면서 그것을 가지고 다니는 이유가 궁금해요. 나는 가끔 사진을 보면서 기억을 찾으려고 애를 쓸 때가 있거든요."

"아, 당신이라면 그럴 수도 있겠네요. 우리 둘에게 사진은 반대의 의미인 것 같아요. 당신은 기억하기 위해 사진을 보고, 나는 잊기 위해 사진을 보니까. 저는 사진 속의 나를 보기 위해서가 아니라 이 사진을 찍어 준 사람을 기억하기 위해 사진을 봐요."

그는 사진을 다시 지갑 속에 넣었다. 우리는 그가 다시 이야기를 이어가기를 바랐지만 왜 그런 일이 일어났느냐고 묻는 사람은 없었다. 사진은 다시 그의 지갑 속으로 들어가고 그의 이야기도 거기서 끝이 났다. 나는 기억밖에 서 있는 사람을 기억하기 위해 지우고 싶은 기억을 지갑 속에 넣고 다니는 그를 이해할 수 있을 것 같았다. 다음은 내 차례였다. 나는 무거운 분위기 전환을 위해 오늘 아침에 있었던 "Do you Korean?" 사건을 머릿속에 떠올렸다.

"저는 기억을 지우지 않아요. 지우고 싶은 기억이 없어서가 아니라 잊고 싶은 기억은 지울 수 없다는 것을 알기 때문이죠. 진짜로 지우고 싶은 기억은 마음이 기억하니까요."

'어, 이게 아닌데…. 내가 준비한 말은 며칠 전 엘리베이터를 탔는데, 한 중국인이 "Do you Korean?"이라고 묻기에, "Yes, I do"라고 대답해서 엘리베이터에 탔던 사람들이 모두 웃었고, 그것이 오늘 아침, 내겐 잊고 싶은 기억이라고 말하려던 것인데….'

자기 순서를 마치고도 여전히 지갑을 만지작거리고 있던 그 남자와 눈이 마주치는 순간, 나는 준비하지 않았던 말들을 준비했던 말보다 더 진지하게 하고 있었다.

수업이 끝났다 강의실 바닥에는 사람들이 수업 시간에 떨어뜨린 기억의 잔해가 여기저기 흩어져 있었다. 나는 크게 통창이 나있는 도서관 창가 자리에 가방을 놓고 커피를 사러 도서관 밖으로 나갔다. 도서관 안에도 커피 머신이 있었지만 바로 건너편에 있는 카페의 커피 맛이 좋아 나는 그곳을 자주 이용한다.

"카푸치노 한 잔 주세요. 시나몬 가루 뿌려 주시고요, 거품은 많이"

주문을 마치고 계산대로 비켜서는데,

"저도 같은 것으로 주세요. 오늘 커피는 제가 살게요."라면서 제이크가 나를 보고 웃었다. 동전 남자였다. 기억을 지갑속에 넣고 다니는.

"아, 안녕하세요. 아닙니다. 제가 사야죠. 동전 찾아 주셨잖아요."

"동전값은 킵해놓겠습니다."

"좋아요. 그럼 오늘은 잘 마실게요. 다음엔 제가 사겠습니다."

"오케이. 제가 커피 맛 좋은 곳으로 안내할게요."

제이크와 나는 하나 남은 빈자리에 가서 앉았다. 커피 맛이 좋아 이 카페는 늘 사람이 많았다. 제이크가 주문한 커피를 가지고 왔다. 나는 커피를 마시기 전에 스푼으로 카푸치노에 올려진 거품을 똑 떠서 입에 넣었다. 거품 위에 뿌려진 시나몬 향과 거품에 묻어있는 커피 향이 잘 어울렸다.

제이크는 혼잣말인지 내게 하는 말인지 알 수 없게

"카푸치노는 마시는 것이 아니라 떠먹는 거지"라며 내가 한 것처럼 거품 한 스푼을 떠서 입에 넣었다. 그리고는 아이스크림 녹이듯 한참을 입 안에 넣고 있었다.

"카푸치노 거품을 먹을 땐 속도가 중요해요. 거품은 금방 사라져 버리거든요."

나는 제이크의 커피잔에서 거품이 사라지는 모습을 보면서 그에게 말했다.

"맞아요. 거품처럼 사라졌어요."

그는 아까부터 계속 나에게 하는 말인지 혼자 하는 말인지 알 수 없는 말을 했다.

나는 왠지 거품처럼 사라진 사람이 그의 지갑 속에 있는 사진 밖의 여자라는 생각이 들었다.

루시

"거품처럼 사라진 사람이 혹시 사진 찍어 준 그 사람…?"

내가 미처 다 묻기도 전에 제이크는 고개를 끄덕였다.

"내가 많이 사랑했어요. 그녀가 날 살렸거든요. 그녀는 사라질 뻔한 나를 살려놓고 어느 날 갑자기 사라졌어요. 언제나 곁에 있을 것처럼 말해놓고."

제이크의 눈에 위태롭게 매달려 있던 슬픔이 한 방울 탁자 위에 떨어졌다.

나는 그가 떨어뜨린 슬픔이 테이블 위에 놓인 냅킨에 닿아 흔적도 없이 사라지는 모습을 가만히 보고 있었다. 그가 다시 말을 이었다.

"오랜만이네요. 루시 이야기를 꺼낸 게. 루시는 그녀 이름이에요. 그녀와 나는 여행 중에 만났어요. 나도 그녀도 처음으로 간 배낭여행에서 서로를 만난 건 운명이라 생각했지요.

그녀와 나는 이제 막 캐나다에서 유학 생활을 시작한 새내기 유학생이었어요. 몇 마디 나누지 않았지만 목적지가 같다는 이유만으로 우리는 금세 친해졌어요."

그는 잠시 이야기를 멈추고 커피를 마셨다. 나는 그의 목적지가 궁금했다.

"어디를 가려는 거였어요?"

내가 물었다.

"우리의 최종 목적지는 나이아가라 폭포였어요. 나는 7만여 개의 트럼펫을 동시에 불 때 나는 소리와 비슷하다는 나이아가라 폭포 소리가 궁금했고, 그녀는 맑은 날에도 항상 비가 내려 만들어지는 나이아가라 폭포의 무지개가 보고 싶었대요. 지금 생각해 보니 우리가 병실 이외의 곳에서 만난 것은 그때뿐이었네요. 그녀와 내가 나이아가라 폭포에 도착하기 전, 일주일."

나는 그가 여기서 이야기를 멈추길 바랐다. 이야기의 끝은 이미 그가 보여 준 사진으로 짐작할 수 있었으니까. 하지만 그에게 이야기를 멈추라고 말할 수는 없었다. 그는 지금 치료 중이었다. 나는 그가 내게 이야기를 하면서 스스로를 치료하고 있다고 생각했다. 듣는 것만으로 누군가의 슬픔이 치유될 수 있다면 내겐 그것을 거절할 이유가 없었다.

그는 계속 말을 이어갔다.

"나이아가라 폭포 앞에 도착했을 때, 나는 세상의 모든 빛이 내 눈앞에 모두 모인 것 같은 느낌이 들었어요. 나는 쉴 새 없이 사진을 찍어 댔어요. 그때 루시가 사진을 찍어 준다며 나에게 폭포 앞 난간에 기대어 서 보라고 하더군요. 나는 '테이블 바위'에 설치된 난간에 걸터 앉았어요. 루시는 좀 더 멋진 포즈를 요구했고 바위에서 일어나 난간 위로 올라가 좀 더 멋진 포즈를 취하려는 순간, 나는 발을 헛디뎠어요. 내 기억은 거기까지가 끝이에요. 하지만 루시의 기억은 거기서부터가 시작이었던 것 같아요."

'그래서였구나. 그래서 나에게 여행이 즐겁냐고 묻던 제이크의 표정이 그렇게 아득했던 거였어.' 나는 내가 생각하는 여행이라는 말의 무게와 그가 생각하는 여행이라는 말의 무게의 차이에 아찔함을 느꼈다.

제이크는 물을 한 모금 마시고 그의 기억 끝에서 시작되는 루시 이야기를 이어갔다.

"눈을 떠보니 병원이었어요. 루시는 내가 6개월 동안 의식불명 상태였다고 말했어요. 나는 사고 당시 기억이 전혀 나지 않았지만 내 마음대로 움직여지지 않는 몸이 사고의 심각성을 대신 말해주고 있었지요. "고마워" 루시가 나를 보고 한 첫마디였어요. 사람들은 내가 깨어난 것을 보고 기적이고 축복이라 말했지만 나는 얼굴만 살아있는 내 몸을 보며 기적의 고통을 매일매일 경험했어요."

나는 제이크의 말을 들으며 얼굴로 모든 고통을 표현하는 제이크를 바라보는 루시의 마음이 얼마나 힘들었을지 짐작이 갔다.

루시는 끊임없이 '만약에…' 라는 말로 후회를 했을 것이다.

'만약에 내가 사진 찍어 주겠다는 말을 안 했더라면….

만약에 내가 조금 더 멋진 포즈를 취해보라는 말을 안 했더라면…'

나는 얼굴도 모르는 루시를 상상하며 마음속으로 그녀의 아픔을 위로했다.

"다른 사람이 빌려 간 돈을 내가 대신 갚는 기분 알아요?"

그가 물었다. 나는 대답 대신 고개를 저었다.

"꼭 그런 기분이었어요. 기억도 나지 않는데 고통을 견뎌야 하는 기분. 아마 루시가 곁에 없었더라면 나는 그때 견디지 못했을 거예요. 고통은 끔찍했고, 루시가 아니면 그 고통을 견뎌야 할 이유가 내겐 없었을 테니까요. 나는 내 기억엔 없는데 루시의 기억 속에만 존재하는 그녀의 죄책감을 없애 주고 싶었어요. 그녀 탓이 아니잖아요. 만약 그녀가 사진 찍 으라는 말을 안 했다면, 나는 다른 사람에게 부탁해서 사진을 찍어 달라고 했을 거예요. 일어나야 할 일은 일어나게 돼 있 으니까요."

'일어나야 할 일은 일어나게 돼 있다.'

나는 말하지도 않았는데 같은 옷을 입고 파티장에 나타난 사람을 본 기분이 들었다. 나의 의지와 우주를 이끄는 힘이 만나는 지점, 일어나야 할 일이 일어나는 지점이었다.

나는 봄이를 데리러 가는 내내 이 말을 곱씹고 있었다. 봄 이 학교에 도착하니 소피아 엄마가 봄이와 소피아를 데리고 주차장으로 걸어오고 있었다. 오늘은 봄이가 소피아네 집에 서 플레이 데이트를 하기로 한 날이었다. 나는 내 차에서 쿠 키 한 상자를 꺼내 소피아 엄마에게 주며 고맙다는 인사를 하고 봄이를 차에 태워 보냈다. 소피아네 집은 도서관에서 멀 지 않은 곳에 있었다. 두 시간 뒤에 봄이를 데리러 가야 했기 에 나는 다시 도서관으로 갔다. 제이크는 없었다. 나는 그가 늘 앉던 자리에 앉았다. 자리에 앉으니 아까 그가 했던 말이 다시 생각났다.

일어나야 일은 일어나게 되어 있다는.

나는 노트를 펴고 핸드폰을 꺼내 그에게 일어나야 했던 일을 검색했다. '나이아가라 폭포 추락사고'라는 문구를 검색창에 쳤다.

그에게 일어나야 했던 일은 10년이 지났음에도 구겨진 곳 없이 반듯하게 잘 접힌 티셔츠처럼 기사에 올라와 있었다.

'캐나다 유학생인 그는 나이아가라 폭포 추락사고 당시 폭포 상류 쪽 24m 지점의 '테이블 바위'에 설치된 난간에 걸터앉았다가 난간 위로 올라서 포즈를 취하는 순간 다리를 헛디디며 아래쪽 강으로 추락했다. 경찰은 즉시 수색 작업을 벌인 결과 나이아가라 폭포 하류 쪽에서 남성을 발견해서 병원으로 옮겼다. 그는 현재 의식불명 상태로 의식이 회복되기까지는 치료에 상당한 기간이 필요할 것으로 보인다고 병원 관계자는 말했다.'

'신문 기사 속의 의식 불명의 남성이 제이크였구나.'

나는 기사에서 루시 이야기를 찾았으나 루시는 기사 밖에 있었다. 루시는 늘 밖에 있었다.

사진 밖의 루시.

기사 밖의 루시.

나는 노트에 루시 이름을 적고 동그라미를 쳤다.

이번에는 루시가 안에 있었다.

다음 날도 나는 봄이를 학교에 데려다준 후 곧바로 도서관에 왔다. 제이크 자리로 제일 먼저 눈이 갔다.

제이크가 나를 보고 손을 흔들었다. 나는 제이크 앞자리에 가방을 놓았다. 탁자 위에 커피가 놓여 있었다.

"다음번엔 내가 사기로 했는데…."

"커피가 맛있는 곳에서 사기로 했잖아요. 나중에 내가 안내할게요. 그때 사요."

"그래요. 그때 살게요. 커피 고마워요."

제이크와 나는 영어 수업을 마치고 도서관 옆에 있는 공원을 산책했다. 단풍국이라는 이름에 걸맞게 거리는 온통 붉게 물들어 있었다. 봄이의 크레파스 속에 있던 모든 붉은색이 여기에 다 모여 있는 것 같았다. 나는 하늘을 한 번 쳐다보고, 단풍나무를 한 번 쳐다보았다. 눈에 파란 물이 들었다가 다시 빨간 물이 들었다. 나는 단풍잎을 하나 주워 벤치에 앉았다. 제이크가 따라 앉으며 말했다.

"루시가 사라진 계절이네요."

제이크는 듣는 사람의 궁금증을 자극하며 이야기를 시작하는 버릇이 있었다.

"일곱 번의 수술을 했어요. 사람들은 일곱 번이나 수술을 했다는 말에 놀라지만, 사실 수술 자체는 환자가 아니라 수술을 하는 의사나 지켜보는 보호자가 힘든 거예요. 환자의 고통은 수술이 아니라 수술이 끝난 다음부터 시작되는 거죠. 수술이 끝나면 살고 싶어져야 하는데 다시 죽고 싶은 기분이 들었어요. 그렇게 일곱 번 죽고 싶다는 생각을 하고 나니 살아야겠다는 생각이 들더라고요. 루시가 보였거든요. 루시는 유학 생활을 병원에서 하고 있었던 거였어요. 나는 루시 덕분에 살았지만 루시는 나 때문에 죽어가고 있다는 느낌이 들었어요."

나는 아까부터 만지작거리고 있던 단풍잎을 보며 왠지 루시의 슬픔은 빨간색이었을 것 같다는 생각을 했다.

"퇴원해도 좋다는 말을 들은 날이었어요. 나는 루시에게 고맙다는 말을 했고 루시는 나에게 미안했다는 말을 했어요. 나를 떠날 생각을 하고 있었던 걸까요? 루시는 나에게 과거형으로 말했어요. '미안했다.' 내가 루시에게 들은 마지막 말이었지요."

"그 후로 루시를 찾아볼 생각은 안 했어요?"

"루시를 보면서 알았어요. 누군가가 가장 빛나는 순간은 상대를 위해 완벽하게 자신을 버렸을 때라는 것을. 나는 루시가 빛나는 것을 더 이상 원치 않았어요. 그것이 내가 루시를 찾지 않은 이유였어요."

나는 제이크가 루시를 찾지 않는 것이 아니라 기다리고 있는 것이란 생각이 들었다. 루시라는 이름을 말할 때마다 그의 눈동자에 어린 그리움을 보았기 때문이다.

그의 이야기는 그렇게 끝이 나고 있었다. 나는 그에게 물었다.

"궁금했어요. 숨겨 뒀던 이야기를 나에게 꺼낸 이유가."

"여행 때문이에요. 지난번 수업 시간에 지금 여행 중이라고 말하는 당신을 보는데 루시 생각이 났어요. 분명 당신은 루시가 아닌데 나는 루시를 찾은 기분이 들었어요. 지니, 불쾌했다면 사과할게요."

내 이름 끝 자를 따서 봄이가 붙여준 내 영어 이름, 지니. 나는 그가 부르는 지니가 좋았다.

"불쾌하다니요. 단지 궁금했을 뿐이에요. 찾으려 애쓰지 않아도 살면서 한 번은 당신이 루시를 만날 수 있었으면 좋겠네요. 온 우주가 당신이 루시를 찾는 것을 도와줄 거예요."

"아! 연금술사. 지니도 그 책 읽었군요. 내가 좋아하는 구절이에요. 신기해요. 당신과 이야기를 할 때면 에너지가 느껴져요. 뭔가 끌어당겨지는 느낌이 들어요."

"그렇게 말해줘서 고마워요. 나는 요즘 낯선 곳에서 이방인으로 살면서 뭔가와 자꾸 멀어진다는 느낌이 드는 중이었거든요."

"그런 생각 말아요. 우리는 모두 이방인인걸요. 다음 주에 내가 맛있는 커피 살게요. 내 이야기 들어줘서 고마워요."

"커피, 내가 살 차례 아닌가요?"

"아직이요. 내가 지니 차례가 되면 말해줄게요."

이방인.

우린 모두 사는 내내 이방인이었다.

캐나다에서 오래 살면 살수록 이방인이 되어가는 것 같다던 친구 말이 생각났다. 캐나다 시민권자지만 온전한 캐나다 사람도 아니고 그렇다고 이제는 순수한 한국 사람도 아닌 자신이 어정쩡하다고 했다.

커피 살 차례를 기다리라는 제이크의 말.

나는 문득 '어정쩡하다'는 말이 생각났다.

연재

"자람 아빠는 잘 가셨어?"

"응, 자람 아빠 출장 가는 곳이 토론토라서 겸사겸사 같이 갔다가 자람 아빠는 두고 우리는 어제 왔어."

"그랬구나. 전화가 없어서 여행 갔을 거라 생각했어. 가을 퀘벡, 좋았겠다."

"응, 은탁이는 빨간 문으로 들어왔지만 나는 그 빨간 문으로 나가고 싶어서 한참을 그 앞에 서 있다 왔어."

연재는 나를 보고 얘기했지만 연재의 눈동자는 비어 있었다.

도깨비. 연재가 좋아하는 드라마 제목이다. 연재 때문에 알게 되어 나에게 드라마 정주행이라는 것을 처음으로 하게 만든 드라마였다.

'연재는 그 문으로 나가서 어디로 가고 싶은 걸까?'

나는 연재에게 물었다.

"어디로 가고 싶은데?"

"내가 갈 데가 어딨어? 여기가 베스트인데."

나는 가끔 연재와 이야기할 때, 연재가 정답을 알면서도 답안지에 오답을 적는 것 같은 느낌이 들 때가 있다. 지금처럼.

"그러네. 오늘 날씨는 더 베스트네."

나는 연재가 적은 답을 고치지 않았다. 어떤 것이 정답인지는 아무도 모르는 것이니까. 루시를 찾기 위해 온 캐나다에서 루시를 잊으며 자신을 찾아가는 제이크처럼 정답은 변하기도 하는 것이니까.

"넌, 일주일 동안 뭐 하고 지냈어?"

"나야 뭐 늘 똑같지. 도서관 가고 영어 수업 듣고. 아! 맞다! 어떤 남자를 만났어. 영어 수업 같이 듣는 사람인데 너 없는 동안 거의 매일 만난 것 같아."

"처음 본 사람을 매일 만났다고? 왜?"

"그게, 그 사람이 사라진 사람을 찾고 있었거든."

"사라진 사람? 아… 그럼 그 사라진 사람이 네가 알고 있는 사람이었구나?"

"아니, 그게 아니고…."

나는 연재에게 루시 이야기를 해주었다.

"서로 다른 색깔의 사랑이었구나."

연재가 말했다. 연재는 긴 이야기를 한 문장으로 간추리는 능력이 있었다. 그리고 그 한 문장에는 모든 이야기가 들어 있었다.

나는 며칠 전 제이크가 했던 말이 생각났다.

"루시를 생각하면 크레파스를 모두 섞어놓은 것 같아 답답했는데 이제 그 색들이 모두 빠져나간 것 같은 기분이 들어요. 루시는 원래 하늘색을 닮았거든요."

연재는 어떻게 알았던 걸까?

나는 자꾸 연재의 색깔이 궁금해진다.

"엄마, 달이 왜 나를 따라오는지 알아요?"

수영을 마치고 저녁에 집으로 돌아오는 길에 머리 위에 떠 있는 달을 보며 봄이가 물었다.

"글쎄, 봄이는 왜 따라오는 것 같은데?"

"그건 달 보면서 빌었던 내 소원이 어디쯤 오고 있는지 보여주기 위해서예요. 달이 머리 위에 있으면 소원이 이루어질 날이 얼마 남지 않았다는 뜻이에요."

"그럼 우리 소원이 이루어질 날도 얼마 남지 않은 거네. 봄이 소원은 뭐야?"

"난 부끄러워하지 않는 거가 소원이에요. 부끄러움 때문에 하고 싶은 걸 하지 못할 때가 많거든요."

'부끄러워서였구나. 봄이가 스케이트 타면서 넘어지지 않으려고 안간힘을 쓰는 이유도, 철봉에 매달려 팔을 바들바들 떨면서도 떨어지지 않는 이유도 모두 부끄러움 때문이었구나.'

나는 봄이가 남들보다 느리다고만 생각했는데 봄이에겐 부끄러움을 극복하는 시간이었던 거였다.

"봄이는 좋겠다. 부끄러워서"

"그게 무슨 말이에요? 엄만 부끄러운 게 좋아요?"

봄이가 눈을 똥그랗게 뜨고 나를 보았다.

"이 세상에는 부끄러움을 모르는 사람들도 많거든. 부끄러움을 모르니까. 나쁜 짓을 하는 거고 나쁜 짓을 하고도 잘못한 줄 모르는 거야. 엄마는 세상 사람들이 봄이처럼 부끄러움을 탔으면 좋겠어."

봄이가 걸음을 멈추더니 하늘을 쳐다보고 말했다.

"달님, 제 부끄러움을 사람들에게 좀 나눠주세요."

"엄마, 나 혓바닥이 간지러워요."

"뭔데? 얼른 얘기해 봐"

혓바닥이 간지럽다는 것은 비밀이 생겼다는 뜻이고 그 비밀을 말하고 싶다는 우리 둘만의 신호였다.

"엄마, 세상에 아빠가 둘인 사람도 있어요? 자람이가 그러는데 자기는 아빠가 둘이래요." 나는 순간 빨간 문으로 나가고 싶다던 연진이 말이 생각났다. 머릿속이 복잡했지만 나는 일단 봄이의 질문에 대해 답을 해줘야 했다.

"봄이야, 너 신데렐라 노래 알지?"

"응, 신데렐라는 어려서 부모님을 잃고요. 계모와 언니들에게 구박을 받았대요."

봄이가 노래를 불렀다.

"신데렐라처럼 부모님이 일찍 돌아가시면 대신 키워줄 사람이 있어야 하잖아. 신데렐라 엄마가 둘인 것처럼 아빠도 둘일 수 있는 거지."

"그럼 자람이 아빠가 돌아가신 거예요?"

"봄이야, 근데 꼭 그런 건 아닐 수 있어 만약에…."

그때였다 핸드폰이 울렸다 연재였다.

"세진아, 지금 집이야?"

"응"

"그럼 잠시 우리 자람이 좀 부탁해도 될까? 아는 친구가 잠시 도와달라고 해서. 집주인하고 문제가 생겼대."

연재에겐 가끔 있는 일이었다.

연재는 영어가 잘 안되는 유학생 엄마들이 병원에 갈 일이나 법적인 문제가 생겼을 때 잘 도와주었다.

"그래. 지금 올 거지?"

"응, 사실은 아까 출발해서 너희 집에 거의 다 도착했어."

전화기 너머 연재의 목소리에서 다급함이 느껴졌다.

"그럼 지금 주차장으로 내려갈게. 올라오지 말고 그냥 가"

"자람이 저녁 먹었어?"

"네."

"그럼 디저트 줄까? 봄이랑 자람이 좋아하는 타르트 있는데."

"네."

봄이와 자람이 둘이 동시에 대답했다. 봄이는 자람이의 예상치 못한 방문이 마냥 즐거워 목소리가 거의 한 톤은 높아졌다. 나는 좀 전에 봄이와 나누던 대화를 더 이상 하지 않아도 돼 다행이란 생각이 들었다. 봄이 얘기 때문인지 자람이 표정에 신경이 쓰였다. 자람이 얼굴에 그늘은 없었다. 타르트를 먹으면서 봄이와 자람이가 큰 소리로 웃었다. 같이 있기만 해도 좋은 아이들이다.

누군가 그랬다. 비밀을 많이 가지고 있는 건 재산이 많은 거라고. 하지만 내가 재산을 가져보고 알았다. 비밀은 재산이 아니라 나누어져야 할 짐이었다. 비밀을 많이 알고 있다는 건 재산이 많다는 것이 아니라 내 삶이 무거워져 가라앉게 될 수도 있다는 뜻이었다.

나는 연재에게 아무것도 묻지 않기로 했다. 짐을 나누어지기 싫어서가 아니라 비밀이 아닐 수도 있는 거니까.

연재가 분명 내 옆에 있는데 나는 그 자리가 비어있는 것 같은 느낌이 들었다. 연재는 이 세상에서 가장 먼 섬에 있는 듯 내게서 멀리 떨어져 있었다. 나는 연재를 불렀다.

"연재야…"

꿈이었다.

봄이가 졸리다고 해서 자람이랑 같이 자라고 하고 아이들 옆에서 책 읽어 주다가 깜박 잠이 들었나 보다. 나는 스탠드를 끄고 봄이 방에서 나왔다.

핸드폰을 보았다. 연재에게선 아무 연락이 없었다.

– *자람이 잠들었어.*

나는 연재에게 톡을 보냈다. 답장이 왔다.

– *고마워. 잠시만*

그게 끝이었다. 마침표가 찍혀있지 않았다. 아직 할 말이 남아있다는 뜻이었다.

내가 아는 연재는 메일을 쓰고 맞춤법 검사와 문장 부호를 다시 한번 꼼꼼히 확인한 후 맞춤법 검사키를 눌러 또 한 번 검토한 후 보내기를 누를 것 같은 사람이었다. 그러고 나서도 할 말이 남아 추신을 꼭 덧붙일 것 같은 사람이었다.

나는 잠시만 뒤에 연재가 하고 싶었던 말이 궁금했다.

– *잠시만 뭐?*

하지만 그게 끝이었다.

연재는 그날 밤 돌아오지 않았다.

6시.

나는 자람이의 도시락까지 싸야 했기에 평소보다 서둘렀다. 참치마요 삼각 김밥을 도시락통에 담고 지퍼백에 요즘 한창 맛있는 청포도와 도넛 복숭아를 넣었다. 자람이에게는 엄마가 급한 일이 생겨 아침 일찍 다시 나갔다고 했다. 자람이는 봄이와 같이 학교 가는 것이 좋아서인지 더 이상 묻지 않앗다. 아이들을 학교에 데려다주고 늘 가던 뉴포트 빌리지 안에 있는 카페로 갔다. 여느 때와 마찬가지로 아메리카노를 주문했다. 나는 시나몬 가루 톡톡 세 번 뿌리고 우유 조금 넣어서 마시는 아메리카노가 좋다.

우유를 넣어야 해서 "Room for me, please"라고 했더니, 주문 받는 여직원이 "I know. Genie"라고 말하며 웃었다. 낮선 곳에서 내 이름을 기억해 주는 사람이 있는 아침은 분명 어제의 아침과는 다른 기분이었다. 늘 투명 인간처럼 왔다 갔다 하다가 생각지도 못했던 곳에서 투명 망토가 벗겨진 기분이 들었다. 적당한 존재감이랄까? 어젯밤부터 온통 연재에게로 가 있던 마음이 잠시 내게로 돌아왔다. 내일 아침 그녀를 보면 "당신 덕분에 어제 하루 종일 기분이 좋았다."라고 말해 줘야겠다.

나는 이렇게 이곳에 앉아 사람들을 구경하면서 그 사람들의 삶을 상상해 보는 것이 좋다. 오늘은 늘 같은 자리에 앉아서 담소를 나누던 현지 할아버지 다섯 명이 안 보였다. 어디가 아픈 건 아닌지 걱정이 되었다.

'그 할아버지들은 모르겠지. 당신들의 건강을 걱정해 주는 얼굴도 모르는 타인이 있다는 것을.' 이런 생각을 하니, 나도 누군가가 나도 모르는 곳에서 나를 걱정해 주고 있을지도 모르겠다는 생각이 들었다. 어쩌면 그런 걱정들이 모여 가끔씩 내 삶에 이벤트처럼 행운을 가져다주는 것은 아닐지….

연재에게선 아직도 연락이 없었다.

'톡도 남기지 못할 상황이라면 혹시…' 나는 나도 모르게 "취소! 취소!"를 내뱉으며 고개를 저었다.

– 자람이 학교에 데려다주고 오는 길이야. 연재야, 무슨 일 있는 거야? 나 너무 걱정돼. 연락 부탁해.

나는 연재에게 톡을 보냈다.

창 밖으로 보이는 거리에는 비가 내리기 시작했다.

문득 연재가 했던 말이 떠올랐다.

"창문을 통해 내다보는 세상이 좋아. 아무리 밖에 감당하기 힘든 넓은 세계가 펼쳐져 있다 해도 창은 딱 그 크기만큼만 내게 보여주거든."

'감당하기 힘든 연재의 세상이란 어떤 걸까? 연재는 지금 어디에 있는 걸까?'

꼬리를 무는 연재에 대한 의문이 점점 굵어지는 빗방울처럼 커져만갔다. 앞에 앉아도 되냐는 할아버지의 물음이 아니었다면 나는 다 식어서 맛없는 커피를 버릴까 말까 고민해야 했을지도 몰랐다.

노부부로 보이는 할머니 할아버지가 내 앞에 앉았다.

할아버지는 반바지에 운동화, 할머니는 청자켓에 청바지. 김이 모락모락 나는 샌드위치를 앞에 놓고 손바람을 일으키면서 호호 불어먹고 있는 할머니의 모습에서 할머니의 소녀 때 모습을 상상할 수 있었다.

커피 한 잔을 시켜 서로 나누어 마시면서 둘이 동시에 손이 닿을 때 '웁스!' 하며 웃는 모습에서 빗방울 떨어지는 소리가 들렸다.

'나도 저렇게 늙어가고 싶다.'는 생각에 오빠에게 연락을 하려는데 카톡 메시지 진동음이 울렸다.

– 세진아, 너무 걱정하지 마. 자람이는 삼촌이 이따 데리러 갈 거야. 어제 자람이 챙겨줘서 고마워. 우리 나중에 이야기하자.

연재는 지금은 아무것도 묻지 말라는 말을 나중에 이야기하자는 말로 대신하고 있었다.

– 그래. 자람이에게 삼촌이 있었구나. 걱정했는데 별일 없다니 다행이야.

정말 다행이었다.

나는 연재를 의심하는 만큼 연재를 이해하고 있었다.

우민

"자람아!"

운동장으로 걸어 나오는 봄이와 자람이를 보며 한 남자가 자람이 이름을 불렀다.

"어? 삼촌!"

자람이가 반갑게 인사를 했다. 자람이는 나와 봄이에게 삼촌을 소개했다.

그는 누군가가 갑자기 내린 비 때문에 걸음에 속도를 내고 있을 때 슬며시 다가와 우산을 씌워 줄 것 같은 느낌이 드는 남자였다.

"안녕하세요. 봄이 엄마예요. 자람이 데리러 오신다고 연재에게 연락받았어요."

"안녕하세요. 저도 말씀 많이 들었습니다. 어제 우리 자람이 데리고 계셔주셔서 감사합니다."

'우리 자람이'라고 말하는 그의 목소리에서 애틋함이 느껴졌다.

"우리 10분만 놀이터에서 놀아도 돼요?"

봄이와 자람이가 나와 그를 번갈아 쳐다보며 물었다.

괜찮겠냐는 내 물음에 그가 고개를 끄덕였다.

"연재에게 남동생이 있다는 말은 못 들었어요."

나는 자람이 노는 모습을 지켜보고 서 있는 그에게 말을 건넸다. 그는 대답 대신 차에서 가져올 것이 있다며 자리를 떠났다.

"세진 씨 만나면 주라고 했어요. 그리고, 이건 마카롱이에요. 봄이 주세요."

그가 주어를 생략한 채 민트색 상자가 담긴 투명 비닐백과 편지 한 통을 내게 건넸다.

나는 봄이와 내 이름을 자연스럽게 부르는 자람이 삼촌이 왠지 낯설지 않아 연재에 대해 물어보려는데 그가 자람이에게 손을 흔들며 가야 한다는 신호를 보냈다. 그의 손짓은 마치 '나에게 묻지 마세요.'라고 말하는 것 같았다. 나는 질문 대신 봄이에게 그가 했던 것처럼 손을 흔들어 가자는 신호를 보냈다.

– 어느 날 자람이가…

연재의 편지는 이렇게 시작되고 있었다.

– "엄마, 그레이스랑 나랑 생일이 똑같아 신기하지?"

그레이스는 수영을 하면서 알게 된 자람이 친구야. 왜 그런 사람 있잖아. 처음 만났는데 왠지 예전부터 알았던 것처럼 어색하지 않은 사람. 자람이에겐 그레이스가 그런 친구였나 봐. 수영 수업이 끝나면 아이들이 항상 수영장에서 더 놀다 가고 싶어 해서 나는 그레이스 엄마와 자연스레 함께하는 시간이 많아졌어. 보통 아이들끼리 친하면 엄마들끼리도 친하게 되는데 우린 아니었어. 그레이스 엄마는 중국인이었거든. 국적이 다르면 영어로도 의사소통을 하지만 그레이스 엄마가 영어를 못해서 우리는 늘 만나서 웃기만 했어. 그러던 어느 날, 아이들을 지켜보며 기다리고 있던 자리에 그레이스 엄마 대신 그가 서 있었어.

'나는 너의 모든 감정을 나누고 싶어. 좋은 것만이 아니라 슬프고 외로운 것도 모두…. 네가 자꾸 힘든 일을 나에게 숨기면 나는 너의 반쪽만 갖는 것 같아서 싫어.'

십 년 전 그날처럼 그는 여전히 나를 보고 이렇게 말하고 있는 것 같았어.

그때 나는 그를 반쪽이라도 갖고 있기를 바랐던 것일까?

그렇게 다시 만났어.

나와 그레이스, 그리고 그와 자람이.

우민씨와 나는 병원에서 처음 만났어. 나는 원치 않는 임신으로 뱃속의 아이를 지우기 위해 병원에 간 거였고, 그는 내가 찾아간 병원의 의사였어. 석사 논문 끝내고 친구들과 춤추러 갔다가 약을 탄 술을 마셨고 성폭행을 당했어. 다행인지 불행인지 당시의 기억이 잘 나지 않았고, 기억나지 않는 일은 일어나지 않은 일이라 생각했어. 가끔 아주 잘게 부서진 기억의 파편이 떠오를 때가 있었지만 애써 부정해 버렸어. 그러다 알게 된 거야. 내가 임신했다는 사실을. 나는 아무도 모르게 병원을 찾아갔어. 의사는 나에게 아무 것도 묻지 않았어. 대신 지금 수술하는 것은 위험하다며 다시 한번 생각해 보라고 하더니 아이 심장 소리를 들려주었어. 나는 아이의 심장 소리를 들으며 내 심장이 멎는 것 같은 기분이 들었어. 심장 소리를 듣기 전까지 나는 내 뱃속에 생명이 자라고 있다고 생각해 본 적이 없었거든. 나는 다시 생각할 수밖에 없었어.

연재의 편지는

"아무리 소란스러웠던 시간도 지나가 버리면 소리가 사라

지나 봐. 그래서 기억은 소리가 아니라 장면으로 남는 것 같아."라던 말의 의미가 무엇인지 알려주고 있었다. 편지에는 소리가 사라진 연재의 기억이 담겨 있었다.

"세진아, 하나만 약속해 줄래?"

"약속? 무슨 약속?"

"언제가 될지는 모르겠지만 내가 너에게 소리가 사라진 내 기억에 대해 얘기할 때, 그냥 "괜찮아 그럴 수 있어."라고 말해 준다는 약속."

나는 예전에 연재가 나에게 했던 말을 떠올리며 계속해서 연재의 편지를 읽어 내려갔다.

– 아이를 낳기로 결정한 후부터 그는 마치 내가 자신의 아이를 갖기라도 한 것처럼 나를 대했어. 나는 궁금했어. 그가 내 뱃속의 아이 아빠 노릇을 하는 이유가.

"당신이 처음 나를 찾아온 날 나는 나연이가 당신의 몸속에 들어가 있는 듯한 느낌을 받았어요. 나연이는 내가 세상에 태어난 이유를 맛보게 해 놓고 사라져 버린 내 아내예요. 나연이는 나를 만나러 오다가 교통사고를 당했어요. 사고를 당한 후에야 나는 나연이 뱃속에 우리의 아이가 자라고 있었다는 것을 알았어요. 어떤 꽃은 벼랑 끝에 피어 있기도 하더라고요. 나는 당신이 그 꽃을 잘 지켜내길 바라요. 내가 도와줄게요."

우민 씨와 나의 만남은 그렇게 시작됐어. 우민 씨는 가장 힘들었던 내 인생을 가장 행복한 시간으로 바꿔 놓았지. 우리는 임신 사실을 알리고 서로를 부모님께 소개하고 결혼식을 올렸어. 부모님들께서는 우리를 축복해 주셨어. 곧 태어날 당신들의 손주를 기다리면서. 그해 가을, 나는 이란성 딸 쌍둥이를 출산했어.

세상에 어떤 경험은 살면서 단 한 번밖에 체험할 수 없는 것이 있는 것 같아. 우리는 그것을 기적이라고 부르지. 내겐 기적이었어.

가을, 자람 그리고 이 아이들을 지켜 준 우민씨가. 하지만 행복은 그렇게 오래 내 곁에 머무르지 않았어. 비밀은 가장 행복할 때 정체를 드러냈어. 우리 집에선 우민씨가 재혼이라는 사실을 몰랐었고, 우민씨 집에선 아이들이 우민씨 자식이 아니라는 사실을 몰랐었거든.

비밀은 결국 양쪽 집안의 싸움으로 번졌고 나중에는 싸움이 싸움을 만들어 우리가 할 수 있는 일은 아무것도 없게 되었어. 싸움을 끝낸 것은 우민씨였어. 우민씨가 이혼 도장을 찍은 종이 한 장을 남기고 가을이와 함께 바람처럼 사라졌으니까. 나는 우민씨가 가을이를 데리고 사라진 이유를 알 것 같았어. 우민씨 부모님들은 남의 자식을 받아들일 분들이 아니었거든. 내 삶은 사실 거기서 끝이었어. 그 이후로는 줄곧 자람이를 위한 삶이었으니까.

자람이가 아빠라는 말을 할 때쯤 지금의 자람이 아빠를 만나 결혼을 했어. 남편은 결혼을 비지니스로 생각하는 사람이어서 내가 '애 딸린 이혼녀.'라는 사실이 전혀 문제 되지 않았었지.

결혼 후 남편은 우리 부모님께서 마련해주신 사업 자금으로 사업을 시작했어. 사업 수완이 있었던 사람이라 남편의 사업은 나날이 커져갔어. 출장이 잦았던 남편의 곁에는 늘 다른 여자가 있었어. 그러던 어느 날 남편은 나에게 아이의 유학을 권했고, 나는 남편의 제안을 받아들였어. 그렇게 해서 오게 된 거야. 그런데 지금 와서 생각해 보니 나를 이곳으로 이끈 힘이 우민씨였던 것 같아.

수영장에서 우민씨와 그레이스를 다시 만났을 때, 나는 알았어. 내가 필요로 하는 것이 있었는데 필요한 그것을 찾아냈다면, 그것은 우연이 아니라 나의 갈망과 필요가 나를 그곳으로 데려간 것이라는 것을.

"무슨 소리야? 그레이스 엄마라니? 켈리는 우리 아래층에 사는 그레이스 친구 엄마야. 켈리 딸이 그레이스와 늘 플레이 데이트하고 싶다고 노래를 부른다고 하더라고. 어느 날부터인가 켈리가 수영 클럽 갈 때 그레이스도 같이 데리고 가면 안 되냐고 해서. 그러라고 한거야. 그걸 보고 오해를 했구나."

이쯤이면 세진이 너도 알겠지? 그래, 맞아. 그레이스가 자람이 보다 3분 먼저 태어난 쌍둥이 언니, 가을이야. 우민씨는 혼자 그레이스를 키우고 있었어. 고맙더라. 잘 키워 준 우민 씨도, 잘 자라 준 그레이스도.

나는 이곳에서 비밀을 또 하나 만들기로 했어. 드러나면 깨지는 비밀이 아니라 드러나도 행복한 비밀을.

어차피 나는 남편에게 그의 사업 자금을 마련하기 위한 수단, 그 이상도 이하도 아니었기에 아내로서의 죄책감은 전혀 없었어. 내가 남편의 사생활에 관심이 없듯이 남편도 나의 비밀 따위에는 전혀 관심이 없을 테니까. 어쩌면 사업에 성공한 지금의 남편에게 나는 발가락의 티눈 같은 존재일지도 몰라. 남편과는 이제 서류상으로 도장 찍는 일만 남았어.

세진아, 출구는 꼭 나가는 문이 아니라 들어가는 문일 수

도 있는 거였어. 그림은 어떤 액자에 담느냐에 따라 작품이
되기도 하고 낙서가 되기도 하잖아. 나는 더 이상 내 삶을 낙
서로 만들지 않기로 했어. 비밀이 생기고 난 다음부터 내 삶
은 작품이 되었어. 우민씨와 나 그리고 우리 아이들. 그러고
나니 갑자기 벽돌 색깔이 따뜻해 보이고 주위가 장밋빛으로
물들고…. 그때 내 세상은 온통 반짝이는 것뿐이었어.

추신

세진아.

바람이 불어 다 떨어진 나뭇잎을 보며, 나뭇잎이 속절없이
떨어진 데는 이유가 있다는 생각을 했어. 나뭇잎이 떨어져
야 바람이 다시 데려갈 수 있기 때문이야. 남편 때문에 힘들
어하는 너를 보며, 나는 네가 떨어지는 나뭇잎이 되어도 슬
퍼하지 않았으면 좋겠다는 생각을 했어. 바람은 언제나 너를
좋은 곳으로 데려다줄 테니까. 네가 가고자 하는 곳이 네가
가고 싶은 곳이고 바람은 그곳으로 너를 데려다줄 것이라 나
는 믿어.

연재의 편지는 이렇게 끝이 나 있었다.

나는 연재의 편지를 두 번 읽었다. 한 번은 괜찮다고 말해

주기 위해. 또 한 번은 잘될 거라 말해주기 위해.

편지를 다 읽고 나는 연재의 상황을 정리해 보았다.

그러니까 낮에 자람이를 데리러 왔던 삼촌은 삼촌이 아니라 자람이 아빠고, 연재는 어제 자람이의 쌍둥이 언니, 그레이스가 다쳐서 그레이스와 함께 병원에 있었던 거였다. 연재에 관한 모든 퍼즐이 이제야 다 맞추어진 기분이 들었다.

아빠가 둘이라는 자람이의 말도.

괜찮다고 말해달라는 연재의 말도.

나는 연재의 편지를 읽고, 가고자 하는 곳의 끝에 닿아야 지나온 길이 아름답게 보이는 것 같다는 생각이 들었다.

나는 연재에게 이 길의 시작점에 대해 물어보려 하다가 그만두기로 했다. 세상에 나올 수 없었을지도 모르는 아이들에게 생명을 선물해 준 우민씨를 두고 생물학적 친아빠가 누구냐는 상식적인 나의 질문은 어울리지 않았기 때문이다.

'세상에 언제나 정답인 사랑이 있을까?

사랑에 정답이란 게 있기나 한 걸까?'

드라마 '남자 친구'의 주인공이 말했다. 확신이었다가 의심이었다가를 하루에도 몇 번씩 반복하다가 그것이 의심이 아니라는 확신이 들 때 시작되는 것이 사랑이라는 인연이라고.

나는 연재와 우민씨의 사랑이 그들이 선택한 정답이었음을 믿었다. 정답은 선택이고 그 선택이 맞는지는 그 길의 끝에 서봐야 알 수 있는 것이었다.

나는 연재에게 톡을 보냈다.

– *연재야, 편지 잘 받았어. 너는 참 운이 좋은 사람이야. 네가 좋아하는 사람이 네가 올 때까지 너를 기다렸으니까. 기다린다는 것은 이미 관계를 인정한다는 것이고 우민씨는 혼자서 그 관계를 지켜낸 거잖아. 기다리는 시간으로 관계의 깊이를 알 수 있어. 나는 오랜 시간을 흘려보내고 마주한 너의 또 다른 삶을 응원해.*

연재는 자신이 차가운 아이스 아메리카노인 줄 알지만, 내가 보는 연재는 결코 차가운 사람이 아니었다. 얼음이 녹아버린 뜨거운 아메리카노라고 할까. 나는 연재가 얼음을 넣어 뜨거움을 숨기며 사는 것이 아니라 뜨거운 그대로의 삶을 살았으면 좋겠다는 생각을 했다. 톡 알림 진동이 울렸다. 연재였다.

– *사람들은 누군가가 세상이 만든 도덕적 기준에 어긋나는 행동을 하면, 실제 한 행동보다 더 어이없는 이유를 가져다 붙이며 입에 올리기를 좋아하는데 넌 그러지 않아서줘서*

정말 고마워. 사실 이 편지는 네가 남편 때문에 힘들어할 때 너를 위로하려고 시작한 편지였어. 편지를 다 쓰기도 전에 일이 잘 해결되어 그냥 둔 거였는데. 다시 쓰면서 오히려 내가 위로를 받게 되었네. 조만간 우민 씨랑 아이들이랑 모두 식사 한번 같이 하자.

나는 곧바로 답장을 했다.

– 넌 내게 누군가가 아니잖아. 나도 함께 식사할 수 있는 날, 기다릴게.

창 틈으로 새어든 달빛에 연재의 과거가 따라와 누웠다. 구겨진 곳 하나 없이 편안한 모습으로.

운명은 동시에 두 손을 다 내밀지 않으며 내민 손이 아니라 내밀지 않은 손에 감추어져 있다고 한다. 그래서 어떤 사람은 운명이 있다고 믿고, 또 어떤 사람들은 운명 따윈 없다고 생각한다. 연재는 캐나다에 와서 내밀지 않은 손에 감추어져 있었던 운명을 만났다. 나는 나를 둘러싸고 있는 운명은 언제나 내민 손에 있다고 생각하며 살았다. 내밀지 않은 손에 감추어진 운명은 버려진 순간 더 이상 내 운명이 아니라고 생각했으니까. 문득, 사람들은 '한여름 밤의 추억'이라든가 '그해 겨울은' 등의 이름을 붙여 내밀지 않은 손에 감추어진 작은 비밀 하나씩을 운명이었다고 생각하며 사는 것 같다는 생각이 들었다. 내밀지 않은 손에 감추어진 운명.

　오랜만에 숲을 거닐다 생각지도 못한 곳에 꽃이 피어 있는 것을 보고, 아름다움은 내가 상상하지 못한 저기에 늘 있는 거란 생각을 했던 적이 있다.
　어쩌면 운명은 생각지도 못한 곳에 피어있는 한 송이 꽃일지도.

지니와 제이크

"오늘도 즐거운 하루 보내. 학교 잘 다녀와. 사랑해."

나는 봄이를 내려주며 말했다.

"엄마도!"

웃음이 피어난다는 말을 증명이라도 하듯이 봄이가 웃으며 말했다. 나는 달콤한 젤리가 입 안에서 톡 터지는 것 같은 봄이의 웃음이 좋다.

봄이를 교실까지 데려다주고 차에 타서 핸드폰으로 아메리카노 한 잔을 주문했다. 연재에게 톡이 와 있었다.

연재는 당분간 병원에서 지내야 할 것 같다고 했다. 교통사고로 가족을 잃어버린 경험이 있는 우민 씨는 교통사고에 트라우마가 있어 병원에 누워있는 그레이스를 케어할 수 없다고 했다. 그래서 그레이스가 퇴원할 때까지 연재는 그레이스를 돌보고 우민 씨가 자람이를 맡기로 했다고.

– 그래, 그래도 치료받으면 회복될 수 있다니 다행이야. 혹시 내가 도와줄 일 있으면 언제든 연락 줘.

나는 연재에게 답장을 보내고 카페에서 주문한 커피를 들고 영어 수업을 듣기 위해 도서관으로 향했다. 여러 나라 사람들이 모여 있는 까닭에 사람들은 이야기 시작 전에 습관처럼 자신의 출신 국가와 영어 이름을 말했다.

"내 이름은 지니입니다. 나는 한국에서 왔습니다."

나는 지니라는 이름으로 불려질 때 자유로움을 느꼈다. 세진이는 무거웠고 지니는 가벼웠다.

세진이라는 이름으로 할 수 없었던 것들을 지니가 되면 할 수 있었다. 신선한 충격이었다. 수업을 마치고 제이크와 함께하는 시간이 많아진 것도 어쩌면 지니였기에 가능한 일이었다. 나는 두 개의 이름을 가지고 세진이도 되었다가 지니도 되었다가 하는 생활을 즐겼다. 제이크와 나는 영어 수업이 없는 날도 만났다. 나는 그를 만나면 만날수록 교집합이 넓어지는 것을 느꼈다. 그는 커피가 맛있는 집을 많이 알고 있었다.

"이 집은 런던 포그와 라떼가 맛있어요."

그는 가는 곳마다 커피를 추천해 주었고 그의 추천은 항상 옳았다.

"저는 런던 포그 따뜻한 걸로 할래요. 오늘처럼 흐린 날씨에 잘 어울릴 것 같아요."

"그럼 제가 라떼를 주문할게요."

주문한 커피가 나왔다.

런던 포그는 다른 곳보다 우유 온도가 살짝 높아서인지 훨씬 깊고 부드러운 맛이 났다. 그가 작은 컵에 라떼를 조금 따라 주었다. 빈 컵이 있길래 용도가 궁금했는데 내게 라떼를 맛 보여주기 위한 제이크의 배려였다. 라떼는 커피의 떫은맛과 신맛이 딱 적당하게 밸런스를 이루는 맛이었고 혀끝을 감는 우유에서는 단맛도 살짝 났다. 그는 커피에 대해 조예가 깊었다. 커피는 루시가 좋아하던 것이라 했다. 나는 그가 커피 얘기를 하는 눈으로 나를 쳐다볼 때 그의 눈동자 안에 내가 아니라 루시가 있는 것 같다는 생각을 했다.

"지금 이 순간이 얼마나 기묘한 순간이었는지는 지나 봐야 알 수 있어요. 그래서 우리는 알았다면 절대 놓치지 않았을 가장 중요한 시간을 아무렇지 않게 놓치며 사는 것 같아요."
제이크가 말했다.

"제이크는 놓치고 나서 후회한 순간이 있나요?"

나는 그가 놓친 시간 속에 루시가 있음을 알면서도 물었다. 간단한 질문이었지만 묻는 내 감정은 복잡했다. 그는 이런 내 마음을 알기라도 하듯 대답했다.

"루시는 놓친 것이 아니라 놓아준 거예요. 루시가 더 이상 나 때문에 자신의 인생을 놓치게 할 순 없었으니까요. 루시는 그런 내 마음을 알았을 거예요."

나는 놓아준 것이라는 그의 말에 안도감을 느끼는 내 모습이 낯설었다.

"그러네요. 제이크의 말을 듣고 보니 모르고 놓칠 수도 있지만 알면서 놓아주기도 하는 것이 인연인 것 같아요."

나는 붉어진 내 얼굴이 보일까 봐 얼른 잔을 들어 입으로 가져갔다. 입 안을 감싸는 얼그레이 향이 좋다고 생각하며 잔을 내려놓는 나를 보고 그가 웃었다. 그러더니 핸드폰을 꺼내 내게 묻지도 않고 사진을 찍었다.

"미안해요. 내 마음대로 사진을 찍어서. 거품 묻은 지니 얼굴이 너무 귀여워서. 여기요." 하면서 그가 내게 핸드폰을 건넸다. 입술에 하얀 우유 거품을 묻히고 눈을 동그랗게 뜬 지니가 나를 보고 웃고 있었다.

'핸드폰 안에 들어있는 내 사진을 본 기억이 언제였지?'

나는 늘 사진을 찍는 사람이었다. 아이의 웃는 표정, 우는 표정, 화내는 표정 모두가 놓치고 싶지 않은 순간이었으니까.

나는 어느새 놓치고 싶지 않은 누군가의 순간을 찍는 사람에서 나의 순간을 놓치고 싶지 않아 누군가에게 사진을 찍히는 사람이 되어 있었다. 그와 함께 있을 때 나는 세진이가 아닌 지니가 되었다. 나는 그가 내 이름을 부를 때마다 '열려라 참깨'라는 주문이 생각났다. 나에게 지니라는 이름은 새로운 존재가 되는 열쇠이자 과거의 해묵은 정체성을 지워버리는 지우개였다. 나는 잠시 새 이름 속에서 내 마음대로 돌아다닐 수 있는 이 시간을 놓치고 싶지 않다는 생각을 했다.

"지니, 놓치고 싶지 않은 시간이 지금 내 앞에 있는 것 같아요."

그가 티슈를 건네며 말했다. 나는 그가 건네준 티슈로 얼굴에 묻은 거품을 닦았다. 얼굴이 달아올랐다. 갑자기 역할이 바뀐 배우처럼 어쩔 줄을 몰라 하는 나를 보고 그가 말했다.

"웃긴 얘기를 들었을 때 제일 먼저 이야기를 들려주고 싶은 사람이 지니예요. 아무 말 없이 이야기를 듣고 있는 것 같지만 당신은 끊임없이 표정으로 말을 해요. 나는 당신이 내가 웃긴 얘기를 하면 당장 얘기해 보라고 내 팔을 툭툭 치면서 나를 재촉을 하는 사람이었으면 좋겠어요. 나는 당신이 내 이야기를 듣고 너무 재미있어서 눈물까지 찍어낼 만큼 크게 웃는 사람이었으면 좋겠어요."

나는 처음으로 내가 이런 사람이면 좋겠다고 말하는 제이크의 눈동자 속에 루시가 아니라 내가 들어있음을 느꼈다.

그 후로 우리는 도서관 대신 밴쿠버 구석구석에 숨어있는 맛있는 커피를 찾아다니며 매일을 일요일처럼 살았다. 그는 언제 춥다고 말할지 모르는 나를 위해 따뜻한 우유와 담요 한 장을 늘 준비하고 있는 사람이었다. 그를 오래도록 바라보고 있으면 내 몸에서 달콤한 향기가 나는 것 같았다. 복숭아를 반으로 자르면 달큰한 향이 올라오며 씨앗에 조금씩 고이는 물처럼 내 마음 깊숙한 곳에도 달큰한 물이 고이는 느낌이 들었다. 그런 느낌이 늘면 나는 어김없이 두려웠다. 하얀 식탁보가 붉게 물드는 것 같은 이 기분이 들어서.

늘 반복되는 일상이 지루하다고 느낀 적이 있었다. 하지만 요즘 나는 오히려 반복되는 일상에서 벗어날까 두렵다. 흥부역으로 연습했는데 놀부 역으로 바뀐 내 배역을 나는 끝까지 모른 체 하고 싶었다. 얼마가 될지는 모르지만 지니로 사는 지금이 좋았다. 지니는 세진이라면 여러 가지 핑계를 대고 건너기를 망설였을 강물을 아무 고민 없이 가볍게 건넜으니까. 함께 커피를 마시고 지나쳐 간 시간에 대해 이야기하고 그와 함께하는 시간은 언제나 사소했다. 하지만 사소한 것들이 가져다주는 행복이 사소하지 않다는 것을 그도 나도 알고 있었다.

"지니, 혹시 필터 커피 좋아해요?"

"네 좋아해요. 조금 굵게 원두를 갈아 거름 장치에 넣고 뜨거운 물을 천천히 부으면 서서히 커피 향이 올라오잖아요. 난 그럴 때 중력을 느껴요. 내가 어떻게 중력을 이용하느냐에 따라 커피 향도, 맛도 달라지거든요. 여기 와서 비 오는 날은 거의 필터 커피를 마셨던 것 같아요. 레인 쿠버라는 말 알죠?"

"Raincouver? 처음 들어봐요."

"rain과 vancouver를 합한 말이에요. 비 오는 날이 일 년 중 반 이상인 밴쿠버를 가리켜 붙여진 이름이래요."

"Raincouver. 커피와 참 잘 어울리는 말이네요."

부연 설명이 필요 없는 그였다. 단어 하나에도 뭔가 통하는 기분. 나는 자꾸 넓어져가는 그와의 교집합이 두려웠다.

"지니, 내가 예전에 지니가 커피 살 차례가 되면 알려주겠다고 했던 말 기억나요?"

"그럼요. 늘 얻어먹는 것이 미안해서 그때가 언제일지 기다리고 있었답니다."

"내일이에요. 드디어 지니가 커피 살 차례가 왔네요."

그는 웃으며 지나가는 말처럼 이야기했지만, 숨을 쉬지 않아도 될 곳에서 숨을 쉬며 말하는 그를 보며 나도 모르게 내일을 며칠 뒤로 미룰 수 있었으면 좋겠다는 생각을 했다.

Madras coffee라고 했다. 오늘 내가 사는 커피 이름이. 그는 커피를 주문하고 커피 원두에 대해 설명을 했다.

"마드라스는 인도의 지명이에요. 전에는 첸나이라고 불렸지요. 스페셜 커피 원두가 생산되는 곳이에요. 인도 커피 중 가장 유명한 것이 몬순 커피인데 습한 남서 계절풍(몬순, Monsoon)에 커피를 건조하여 인위적으로 숙성시킨 것이죠. 노란빛을 띠며, 독특한 향미를 갖고 있고, 진한 쓴맛이 특징이라서 에스프레소로 적당하나 우리는 여기에 우유와 설탕을 넣어 마셔요. 모슬린 천에 곱게 간 커피 가루를 넣고 뜨거운 물이나 우유를 부어 우려내는 방식으로요."

그는 늘 나에게 입보다 귀로 먼저 커피 맛을 보게 해 주었다. 나는 귀로 듣는 커피 맛이 입으로 맛보는 커피보다 좋았다.

커피가 나왔다. 커피 잔과 커피 받침이 도자기가 아닌 쇠로 되어 있었다. 커피 받침이 평평하지 않고 오목해서 컵케이크처럼 올라온 거품이 흘러내려도 안전할 것 같았다. 커피는 내 입맛에 딱 맞았다. 카푸치노 같은 것이 베트남 커피와 비슷하지만 덜 달아서 좋았다.

"내가 나이기를 그만둘까 생각했어요."

그가 커피 잔을 내려놓으며 말했다. 그는 하기 힘든 이야기를 꺼내야 하는 사람처럼 어렵게 말을 시작했지만 나는 그가 무슨 말을 하려는지 알 것 같았다. 나도 그랬으니까.

"내가 나이기를 그만두는 것보다 더 굉장한 휴가가 있을까요? 휴가는 언제든 끝나기 마련이잖아요. 언제 떠나요?"

나는 어느새 지니에서 세진이가 되어 있었다.

"자꾸 욕심이 났어요. 지니에게 내 욕심을 허락해 달라고 말할까 생각한 적도 있었어요. 당신과 함께였던 공간에는 시간이 존재하지 않는 것 같았거든요."

제이크는 이별을 이렇게 말하고 있었다.

"제이크의 욕심까지 내 허락을 받을 필요는 없어요. 욕심은 서로 합의할 일이 아니니까요. 욕심이란 말이 이렇게 빛나는 말인 줄 몰랐어요. 이제 우리의 지난 추억은 욕심이라는 말로 그 자리에 남아 가지 않은 길에 대한 아쉬움으로 기억될 것 같아요."

그리고 나는 우리의 추억을 욕심과 아쉬움이라 말하고 있었다.

"가지 않은 길…."

그가 혼잣말로 되뇌었다. 나는 커피잔을 입으로 가져갔다. 커피 잔 받침에 묻어있던 커피 한 방울이 하얀 치마에 튀었다. 거품이 흘렀었나 보다. 그가 물티슈를 가져왔다. 나는 손에 힘을 빼고 커피 자국에 물티슈를 문질렀다. 자국은 쉽게 없어지지 않았다. 생기기 전에 조심해야 하는 것이 자국이라는 것을 알면서도 이렇게 또 자국을 만들었다. 어쩌면 이 자국이 오래도록 지워지지 않기를 바라면서.

"다시 돌아오긴 어려울 것 같아요. 식구들 모두 인도로 들어가게 됐거든요."

나는 늘 그랬듯이 더 이상 묻지 않았다. 나는 그냥 그가 언제 떠나느냐는 내 질문에 답하기만을 기다리고 있었다.

"이번 주에 떠나요. 당신과 함께했던 날들은 세상에 아름다운 것들이 얼마나 많은지를 확인하는 시간이었어요. 당신을 만나면서, 내가 지갑 속의 사진을 한 번도 꺼내보지 않았다는 것을 알았어요. 누구나 살면서 한 번은 신을 만난다는 얘길 들은 적이 있는데 나는 이곳에서 신을 만났어요. 당신은 내가 이곳에서 만난 신입니다. 나는 이제 당신과 함께했던 이 가을을 지갑 속에 넣고 다닐 거예요. 내가 온전히 나였던 시간이었으니까요."

그의 말이 끝났다. 이제 내가 말할 차례다. 냄새의 정체를 알 수 없는 이곳의 공기가 내 폐 속으로 조금씩 들어와 나를 어지럽혔다. 나는 어쩌면 가기 전에 한 번 더 볼 수 있겠냐는 말을 하고 싶었는지도 모르겠다. 하지만 내가 하고 싶은 말은 입 안 여기저기 부딪치며 멍이 들 뿐이었다.

"제이크, 당신이 지켰어요. 가끔 만들어지지 않은 길을 상상해 본 적이 있었거든요. 내가 가지 않은 길을 욕심 내지 않게 해줘서 고마워요."

"지니, 욕심은 크기가 중요해요. 지나치게 많아도, 너무 없어도 안 돼요. 난 욕심을 버린 것이 아니라 욕심을 지키는 거예요. 이건 내 선물이에요. 이 커피 원두가 사라질 때쯤이면 지니의 기억 속에서 우리가 함께했던 계절도 서서히 잊힐 거예요."

"제이크, 한국어에 '그냥'이라는 말이 있어요. 내가 참 좋아하는 말이지요. 사전에는 단지 '그 상태 그대로, 아무런 대가 또는 조건 없이'라고 나와 있지만 그건 '그냥'이란 말의 명함일 뿐이에요. 단 두 글자지만 그냥이란 말 뒤에는 수많은 이야기가 숨어있어요. 나는 즉흥적인 것 같지만 상대방을 위해 오래전부터 계획한 우연을 선물 받을 때 그것을 뭉뚱그려 '그냥'이라고 해요. 당신은 늘 준비된 우연으로 나를 행복하게 해 줬어요. 나는 오늘 수많은 이야기를 뒤로 감춘 '그냥'을 선물로 받았어요. 나는 앞으로 커피를 마실 때마다 그냥 뒤의 숨은 이야기를 떠올릴 것 같아요."

"기이냐앙?"

제이크가 말했다. 영어도 아니고 한국어 발음도 아닌 제이크의 '그냥'이란 말에 우린 서로의 얼굴을 쳐다보며 웃었다. 분명 웃었는데 눈물이 흐르고 있었다. 한참을 그냥 그렇게 웃다가 울다가 하며, 우린 그날 그냥 그렇게 헤어졌다.

그는 떠났고 나는 남았다. 도서관 영어 수업을 들으러 갔다. 든 자리는 몰라도 난 자리는 티가 났다. 제이크가 있었던 자리는 생각보다 더 컸다. 나는 여전히 수업을 듣고 커피를 마시고 산책을 했다. 어디를 가도 그가 아닌 그의 빈자리가 나를 기다리고 있었다. 달라진 것은 하나였는데 모든 것이 변했다. 그가 떠나고 나는 도서관에 가는 대신 집에 있는 시간이 많아졌다.

식탁 위 봉지에 든 과자를 하나 입에 넣었다. 먹다가 그대로 둔 과자는 온 방 안의 습기를 모두 먹어 눅눅할 뿐 아니라 집 안의 온갖 향기가 섞인 맛이 났다. 뱉기엔 목구멍에 너무 많이 들어가 버려 그냥 삼켰다. 그가 떠나고 나는 그냥 삼키는 것이 많아졌다. 가끔은 그냥 삼켜버린 그리움이 목에 걸려 넘어가지 않을 때도 있었다. 그럴 때면 나는 그가 주고 간 커피를 내려 마시면서 그리움을 삼켰다.

– 낮엔 햇빛에 데이고 밤엔 떨어지는 별똥별에 긁히고 그렇게 하루하루 당신을 기억하며 당신을 잊는다.

이렇게 시작하는 편지를 쓸 때도 있었다. 부치지 못할 편지는 나를 더 용감한 지니로 만들었다.

짐을 먼저 빼고 남은 휑뎅그런 집처럼 비어있는 일상이 계속되고 시간은 밀가루 반죽처럼 길게 늘어졌다. 봄이를 데리러 가려고 외투를 입는데 단추가 '툭'하고 떨어졌다. 그리움은 그렇게 내 삶의 여기저기에서 안간힘으로 버티고 있는 단추처럼 대롱대롱 매달려 있었다.

평소보다 빠른 차의 속력이 느껴졌다. '이런 속도로 잊고 싶었던 것일까?' 연극은 끝났다. 인생은 역할 놀이이고 나는 잠시 제이크의 여자 친구 지니 역을 맡았던 것뿐이었다. 나는 지진 뒤에 일어나는 여진처럼 남아있던 배역의 후유증에서 벗어나야 했다. 나는 세진이니까.

봄이가 차 창문을 두드렸다. 일찍 도착해서 줄곧 차 안에 앉아 있다가 봄이 나오는 것도 보지 못했다. 나는 얼른 차에서 내려 뒷자리에 봄이를 태웠다.

"봄이야, 미안해. 엄마가 잠시 딴생각을 했어."

"무슨 생각이요?"

"음, 엄마가 잠시 길을 잃을 뻔했거든. 그래서 어디로 가야 할지 헷갈렸어."

"괜찮아요. 어디로 가야 할지 모를 때는 어디서 왔는지를 생각해 보면 되잖아요."

길을 잘 잃어버리는 봄이에게 내가 늘 했던 말이었다.

'어디서 왔는지….'

그 시작 점에 해맑게 웃는 봄이가 서 있었다. 오늘도 나의 아침은 봄이의 도시락 메뉴 선택으로 시작되었다. 나는 요즘 아주 작은 것도 선택이라는 말만 들어가면 그 앞에서 우물쭈물했다. 냉장고 문을 열어보니 어제 사다 놓은 유부가 있었다. 유부초밥. 봄이가 좋아하는 메뉴다. 나는 유부를 꺼내 국물을 따르고 적당히 물기를 뺐다. 그다음 봄이가 좋아하는 채소들을 잘게 잘라 다진 후 소금으로 간을 한 밥에 넣고 통깨와 참기름을 넣은 후 버무렸다. 그리고 손질해 둔 유부를 꺼내 입을 벌리고 그 안에 버무린 밥을 넣었다. 이때 밥이 양 옆으로 삐져나와 유부가 터지지지 않게 하는 것이 중요하다. 완성이다. 나는 도시락통에 유부초밥을 담고 사과와 요구르트를 하나 넣었다. 가끔은 영양 성분 계산해서 따뜻한 점심이 제공되는 한국의 급식이 그립기도 했지만 봄이의 하루가 건강하기를 바라며 도시락을 싸는 이곳의 아침도 나쁘지는 않았다.

  봄이를 학교에 내려주고 오랜만에 산책을 했다. 절대로 끝나지 않을 것 같던 가을이 소리를 내며 지나가고 있었다. 구름이 흘러가는 소리, 바람에 몸을 맡긴 나뭇잎이 흔들리는 소리, 빨간 단풍잎이 떨어지는 소리, 떨어진 나뭇잎들이 굴러다니는 소리…. 음악을 틀지 않아도 발길 닿는 곳마다 음악이 흘렀다. 남모르는 고뇌에 괴로움을 느끼면서 그 탄식과 비명을 아름다운 음악으로 바꾸는 입술을 가진 불행한 시인처럼 계절도 그렇게 소리를 내며 떠나가고 있었다. 나는 동굴 속 곰과 호랑이처럼 웅크리고 있다가 드디어 밖으로 나와 사람이 된 것 같은 기분이 들었다.

  걷다 보니 어느새 빨간색 JJ 간판이 보였다. '생각 없이 옮

긴 발걸음이 아니었구나.'

'JJ Coffee'

지니와 제이크의 앞 글자를 따서 만든 것 아니냐며 ⊥와 자주 갔던 곳이다.

"이곳 커피는 에스프레소 기계를 쓰지 않고 프레스기로 커피를 우려내서 더 깊은맛이나요."

커피를 주문하려고 기다리는데 어디선가 제이크의 목소리가 들리는 것 같았다. 나는 라떼 한 잔을 주문했다.

"지니, 잘 지냈어요?"

카페 사장님, 알버트가 아는 척을 했다.

"네, 오랜만이네요. 그동안 잘 지냈죠?"

그는 주문을 받고 내게 잠시만 자리에 앉아 기다려 줄 수 있겠냐고 물었다. 나는 알았다고 대답하고 거리가 보이는 창가에 자리를 잡고 앉았다. 거리는 온통 크리스마스 준비로 바빠 보였다. 이번 크리스마스에는 봄이와 스탠리 파크 크리스마스 기차를 타러 가기로 했다. 하나의 축제가 끝나면 또 다른 축제 준비를 시작하는 이곳 사람들의 삶이 이젠 낯설지 않다. 아마도 봄이 덕분이겠지.

"지니, 크리스마스 계획 세웠어요?"

알버트는 내가 주문한 라떼와 내가 주문하지 않은 버터 타르트를 직접 가지고 와 내 앞의 의자에 앉으며 말했다.

"네, 딸아이와 스탠리파크 크리스마스 기차 타러 가기로 했어요."

"나도 얼른 아이가 커서 아이 손 잡고 놀러다녔으면 좋겠네요."

"어? 저… 타르트는 주문하지 않았는데."

"커피랑 같이 먹어 봐요. 잘 어울려요."

"아, 네. 고마워요."

"제이크 말이 맞았네요."

알버트가 제이크 이름을 말했을 때, 나는 분명 내 몸 어딘가에서 "덜컹"하는 소리를 들었다.

"제이크요? 제이크가 왔었어요?"

"제이크가 떠나기 전에 그랬거든요. 언제일지는 모르겠지만 지니 혼자 여기 오는 날이 있을 거라고요. 그러면 지니 혼자 두지 말고 가서 친구처럼 날씨 이야기도 하고 요즘 사는 이야기기도 하고 그러라고 하더라고요. 오랜 시간이 지나도 안 와서 전 제이크 말이 틀렸다고 생각했거든요."

'지진이 끝난 줄 알았는데 여진이 남아 있었을 줄이야…'

알버트가 사진 한 장을 건넸다. 사진 속에는 입가에 거품이 묻어있는 채로 환하게 웃고 있는 지니가 있었다. 나는 제이크가 떠나고 나서 그가 3인칭의 '그'가 아니라 2인칭의 '너'였음을 알았다. 누구에게나 1인칭과 3인칭의 부재는 그렇게 큰 문제가 되지 않는 거니까. '그'가 떠난 줄 알았는데 '네'가 떠난 거였다. 나는 알버트가 준 사진을 지갑 속에 넣었다. 예전에 제이크가 그랬듯이 사진 속의 내가 아니라 사진 밖의 2인칭 '너'를 기억하기 위해서…. 제이크는 그런 사람이었다. 추운 겨울이나 늦은 밤 택시 승강장에서 모르는 누군가와 단둘이 서서 드문드문 오는 택시를 기다릴 때 그의 뒤에서 택시를 기다리는 사람이 자신과 같은 방향이길 바라는 사람이었다. 그래야 합승을 할 수 있으니까. 자신이 가고 나면 혼자 남아 택시를 기다릴 그 사람을 두고 혼자 가는 것이 마음에 걸려서 그는 혼자 남아 택시를 기다리는 나를 위해 사진 한 장을 남긴 것이었다.

"알버트, 혹시 말에 체해 본 적 있어요?"

"체하다? Have an upset stomach?"

"비슷해요. 하지만, 음식에 체한 것이 아니라 말에 체하는 거예요. 하고 싶은 말이 있는데 누군가의 발목을 잡을까봐 하지 못하고 삼켜야 하는 기분이랄까요."

"그럼 제이크도 체한 거였네요. 제이크가 그랬거든요. 지니에게 하고 싶은 말은 내뱉는 말보다 삼키는 말이 더 많다고."

'제이크와 나는 서로가 체할까 봐 두려워 말의 변비증을 앓고 있었던 거였구나.'

나는 집에 와서 흰 밥을 녹차물에 말아먹었다. 씹을 것도 없는데 오래오래 꼭꼭 씹어 넘겼다.

단맛이 났다. 그러자 좀 소화가 되는 기분이 들었다.

– 너를 마음에서 내보내는 일은 너무 오래 시뮬레이션을 해서인지 생각보다 어렵지는 않았지만 생각보다 오래 걸렸어. 나는 이제 너를 생각하지 않고도 잠드는 날이 많아질 만큼 괜찮아졌어. 기회가 있다면 난 이제 괜찮다고 말해주고 싶지만, 이 말을 하겠다고 일부러 연락할 수는 없는 거잖아. 그런데 너는 그냥 안 괜찮았으면 좋겠어. 지나고 보니 내보내는 것보다 힘든 게 괜찮아지는 거더라고.

나는 부칠 수 없는 편지를 썼다.

어릴 적 엄마와 함께 길을 걸을 때면 엄마는 늘 나보다 두세 발짝 앞서서 걸으며 뒤에서 걸어오는 내게 뭘 그렇게 기웃거리냐고 말했다. 기웃거리지 말고 빨리 오라고. 엄마의 말 앞에는 늘 '빨리'가 있었다. 나의 유년 시절은 빨리 걷는 엄마 때문에 기웃거리고 싶어도 기웃거리지 못하고 지나갔다. 그렇게 빨리 소리를 주문처럼 듣고 자란 나에게 제이크는 기웃거림이었다. 그와 함께 여기저기 기웃거리는 짧은 시간 동안 나는 강이 아름다운 이유는 강가 풍경이 있기 때문이란 것을 알았다. 강가를 중심으로 강 이쪽과 저쪽을 나누어 강 건너를 동경하게 만들어 놓고도 강은 언제 그랬냐는 듯 유유히 흐르는 것을 멈추지 않는다. 멈추지 않는 도도함. 이것이 강의 매력이다. 이제 나도 가슴에 강 하나를 품고 사는 사람이 되었다. 언제 그랬냐는 듯이 유유히 내 삶은 계속되었고 절대로 끝나지 않을 것만 같았던 계절이 지나가고 있었다.

세진과 승현

크리스마스가 가까워질수록 도시는 하나의 거대한 크리스마스트리가 되어 갔다.

남편에게 톡이 왔다.

– 나 비행기표 끊었어. 크리스마스 전에 도착할 거야. 혹시 한국에서 가져가야 할 것 있으면 알려줘.

– 없어. 오빠는 그냥 오기만 하면 돼. 다행이다. 크리스마스를 같이 보낼 수 있어서.

다행이었다. 어지러웠던 내 마음을 남편에게 들키지 않을 수 있어서. 시간이 흘러 혹시라도 옛날이야기를 하게 된다면 나는 남편에게 이렇게 말할지도 모르겠다.

"오빠가 잠시 비워 두었던 자리에 누군가가 걸터앉았다가 금세 일어난 적이 있었다고. 잠시지만 그가 걸터앉았던 자리에 흔적이 남아 그 흔적을 지우는 데 시간이 걸렸었다고. 그

후로 오빠 자리에는 이름표를 붙여 놓아 아무도 앉을 수 없었다고."

여느 때와 마찬가지로 아침에 일어나 블라인드를 걷는데 잠시 착각을 했다. 나는 해가 뜨는 것이 아니라 노을이 지는 줄 알았다. 가끔 이렇게 아침이 오는 모습과 밤이 오는 모습이 유난히 닮은 날이 있다. 끝이 새로운 시작이라는 졸업식장의 교장 선생님 말씀은 틀린 것이 아니었다. 시작은 이렇게 끝난 모습으로 나를 헷갈리게 한다. 그래서 가끔은 시작점에 서서 망설이기도 하는 거였다.

서로가 떨어져 있는 것이 처음이라 남편도 나도 서로의 빈자리를 어떻게 두어야 할지 몰랐던 것 같다. 그래서 다른 사람이 잠시 빈자리에 앉도록 내버려 두었던 것이다. 모든 빈집에는 주인이 있듯이 세상에는 주인이 올 때까지 그대로 두어야 하는 빈자리도 있는 것이다. 사랑은 나를 사랑하는 사람이 나를 사랑할 이유를 만들어 주는 것이라 했다. 사랑한다면, 나중에 눈물을 닦아주는 것이 아니라 처음부터 안 흘리게 하는 것이다.

"잘 잤어요!"

깨우지도 않았는데 봄이가 일어났다.

봄이는 늘 다른 사람에게 잘 잤냐고 물어보는 대신 자신이 잘 잤다고 하면서 일어난다. 나는 봄이의 아침 인사를 들으면 덩달아 나도 잘 잔 것 같아 기분이 좋다. 접시에 크림치즈를 바른 베이글을 놓고 우유를 컵에 따랐다. 그리고 사과와 포멜로를 까서 접시에 담았다.

"우와 포멜로다!"

포멜로는 봄이와 내가 좋아하는 과일이다.

스펀지처럼 폭신하지만 두꺼운 껍질에 싸여 있어 쉽게 까지지 않아 바쁜 아침에는 잘 내놓지 않는 과일이었는데 아침부터 포멜로를 먹게 되자 봄이는 휘파람까지 불 정도로 신이 났다.

"엄마, 포멜로 하나를 먹으면 오렌지와 자몽, 포도를 다 먹은 것 같아요. 그러면 일석삼조 맞지요?"

"우와, 그러네 일석이조가 아니라 일석 삼조네. 우리 봄이 사자성어 책 열심히 읽었네."

"아빠가 크리스마스 때 오시면 사자성어 베틀 게임하자고 하셨거든요."

'그랬구나. 봄이는 아빠가 올 때까지 아빠 자리를 그대로 비워두고 있었던 거구나. 그래서 재미없다던 사자성어 책을 다 읽었던 거였어.' 나는 책가방을 메고 서 있는 봄이를 꼭 안

아주었다.

　봄이를 학교에 내려주고, 커피 한 잔을 테이크아웃해서 차에 탔다. 커피에 살짝 뿌린 시나몬 향이 은은하게 차 안 가득 퍼졌다. 나는 아메리카노에 우유를 조금 넣고 시나몬 가루를 톡톡 두세 번 뿌렸다. 오랜만에 시나몬 향이 나는 커피를 마시니 완벽하게 다시 일상으로 돌아온 기분이 들었다.

　라디오 볼륨을 높였다 라디오에서 'Way back into love' 노래가 흐르고 있었다. 공항으로 남편을 마중하러 가는 지금, 내가 듣기에 딱 어울리는 노래였다. 가끔 노랫말이 내 이야기 같을 때가 있다. 나는 그럴 때 방향을 알 수 없는 에너지를 느꼈다. 어디서 왔는지도 어디로 가는지도 알 수 없지만 그 에너지는 내가 가야 할 길을 알려주었다.

　I've been setting aside time

　To clear a little space in the corners of my mind

　All I want to do is fine a way back into love

　I can't make it through without a way back into love

And if I open my heart again

　I'm hoping yo'll show me what to do

And if you help me to start again

You know I will be there for you in the end

나는 지금 진짜 사랑으로 돌아가는 길을 향해 가고 있었
다. '지금 내가 맞다고 생각하는 것을 내일도 맞다고 생각할
수 있는 것일까. 어쩌면 내일은 오늘 내가 맞다고 생각한 것
들을 뒤집어 놓을 준비를 하고 있는 것은 아닐까. 그래서 하
루아침에 달라졌다는 말을 할 수 있는 것이 아닐까.'

공항에 조금 일찍 도착했다. 남편을 기다리는 시간이 설렘
이란 단어로 가득 찼다. 낯설었다. 남편에게 설레는 기분을
느낀 것은 구석기시대만큼 아득했으니까.

"세진아!"

남편 목소리가 들렸다. 네이비색 체크 남방에 베이지색 면
바지를 입은 남편이 빠른 걸음으로 카트를 밀면서 내게 왔다.

"생각보다 일찍 나왔네. 지난번엔 도착 시간보다 늦게 나
오길래 한참 기다릴 줄 알았는데."

"그러게. 오늘은 이상하게 입국 심사도 빨리 끝나고 짐도
빨리 나오더라."

"그랬구나. 오빠, 피곤하겠다. 얼른 집에 가자."

"비행기에서 계속 영화 보고, 자고 해서 난 괜찮아. 너야말로 아침에 정신 하나도 없었겠다. 봄이 데려다주고 여기까지 운전하고 오느라."

"아, 오랜만에 오빠가 내 걱정해 주니까 좋다."

우리는 서로를 걱정해 주는 멘트를 하나씩 사이좋게 주고받으며 공항을 나왔다.

"봄이는 오늘 나 오는 거 모르지?"

"서프라이즈잖아. 아빠랑 크리스마스 때 사자성어 베틀 한다고 요즘 얼마나 한자를 섞어 쓰는지 몰라. 오늘 봄이 정말 놀라겠다."

"서프라이즈 성공해야 할 텐데."

우리는 집에 오는 내내, 그리고 다시 봄이를 데리러 학교에 가는 내내 봄이 얘기만 했다. 나는 남편이 잠시 내 자리에 앉혔을지도 모르는 그 여자에 대해 묻지 않았고, 내가 잠시 남편의 자리에 앉혔던 남자에 대해 말하지 않았다. 남편 역시 마찬가지였다.

"내가 봄이를 데리고 올 테니까 오빠는 내리지 말고 차 뒷자리에 숨어 있어."

"알았어. 이게 뭐라고 긴장이 되네."

봄이가 나를 보고 뛰어왔다. 나는 차 앞문을 열어주며 봄이에게 말했다.

"봄이야, 오늘은 뒤에 짐이 많아서 앞자리에 타야 할 것 같아."

"정말요! 그래도 돼요? 우와, 신난다!"

봄이는 앞자리에 탄다는 사실만으로도 벌써 흥분을 하고 있었다. 봄이와 내가 차에 탔다. 이제 남편이 등장할 일만 남았다. 나는 봄이에게 물었다.

"봄아, 아빠 크리스마스 때 못 오…"

내가 미처 말을 다 끝내기도 전인데 봄이 눈에 눈물이 고였다.

"괜찮아요. 크리스마스는 바빠서 빨리 지나가니까."

"봄아, 그게 아니라 음… 아빠가 봄이 너무 보고 싶으셔서 크리스마스 때까지 못 기다릴 것 같으셨대. 그래서…"

"그래서 이렇게 왔지요!"

남편은 이렇게 말하며 뒷좌석에서 일어났다. 봄이는 순식간에 뒷좌석으로 넘어갔고 남편은 봄이를 안고 뽀뽀를 하느라 정신이 없었다. 서프라이즈는 대성공이었다. 나는 두 사람의 웃음소리를 들으며 '내가 진짜로 그리워했던 것은 이 웃음소리가 아니었을까?'하는 생각을 했다. 룸미러에 비치는 봄이 얼굴에서 꽃망울이 톡, 톡 소리를 내며 피어났다. 창 밖으로 눈이 내리기 시작하더니 집에 도착할 때쯤은 제법 쌓여 거리가 하얀 눈으로 덮였다. 가끔 눈이 쌓인 곳을 보고, 그곳에도 자리가 있었음을 알게 될 때가 있다. 눈은 여백을 드러낸다. 평소엔 무심코 지나쳤던 나무 가지와 가지의 사이, 길과 길 사이 여백의 아름다움은 동양화에만 있는 것이 아니었다.

오늘은 봄이 학교에서 크리스마스 콘서트가 있는 날이었다. 이번 크리스마스 콘서트 드레스 코드는 초록색과 빨간색이었다. 봄이는 얼마 전에 산 초록색 드레스를 입고 빨간색 목도리를 두르고 빨간색 핀을 머리에 꽂았다. 그런 봄이를 보며 남편이 말했다.

"천사도 초록색 옷을 입는구나! 아빠는 천사가 흰색 날개 달린 옷만 입는 줄 알았는데. 그게 아니었네. 우리 봄이 초록 천사 같아!"

남편 말대로 봄이는 일 년에 한 번 크리스마스 때만 지상에 내려오는 크리스마스 천사 같았다.

"올해는 아빠도 내 콘서트를 볼 수 있어서 정말 좋아요."

봄이가 웃으며 대답했다. 소박하지만 따뜻했던 크리스마스 콘서트였다. 한 아이가 한 손으로 피아노 연주를 했다. 나는 늘 완벽하게 준비된, 빈틈없는 발표회만 보다가 장난하는 것처럼 한 손으로 피아노 연주를 하는 모습이 익숙하지 않았지만, 연이어 아이들이 보여주는 연주와 노래를 들으며 '하나부터 열까지 온전히 아이들이 준비한 거구나'하는 생각이 들었다. 선생님이 앞에서 데리고 가는 발표회가 아니라 옆에서 지켜보며 뒤에서 밀어주는 발표회였다. '그래서 봄이가 그렇게 말한 거였구나!' 나는 얼마 전 봄이가 한 말을 이해할 수 있었다.

"엄마, 발표회 준비하는 것이 한국과 달라요. 한국에서는 틀릴까 봐 완전 긴장했는데 여기서는 재미있어요."

학교에서 우민 씨를 만났다. 나는 남편에게 우민 씨를 자람이 아빠라고 소개할까 하다가 그냥 봄이 친구 아빠라고 소개했다.

"연재에게 가을이 퇴원했다는 소식 들었어요. 참 다행이에요. 그동안 고생 많으셨어요."

"걱정해 주신 덕분입니다. 감사해요."

"연재는 안 보이네요?"

"네, 가을이가 아직 걷는 것이 불편해서 연재랑 집에 있어요."

"나중에 가을이 괜찮아지면 다 같이 밥 한번 먹어요."

"그럼요. 그래야죠."

봄이는 두 곡의 노래를 불렀다. 재미있다고 하더니 무대에 서는 것은 재미있는 것과 상관이 없었나 보다. 긴장한 봄이의 심장 소리가 관객석까지 들리는 것 같았다. 공연을 보면서 남편이 말했다.

"여기서도 우리 봄이가 제일 예쁘네."

나는 남편에게 "누가 딸바보 아니랄까 봐." 하고 핀잔을 주었지만 내 눈에도 봄이만 보이는 것은 어쩔 수가 없었다.

무대에 서 있는 봄이를 보니 처음 캐나다살이 시작했을 때 생각이 났다. 학교생활에 적응하면서 환경과 문화가 다른 친구들과의 관계에서 어려움을 겪을 때마다 "봄아, 예방 주사 맞는다고 생각해 낯선 곳에서 적응하려면 예방 주사를 맞아야 하는 거야. 엄마는 그 예방주사를 안 맞아서 어른이 되어서도 사람들에게 상처를 받는데, 우리 봄이는 지금 예방주사를 맞았기 때문에 나중에 사람들 때문에 상처받은 일은 없을 거야. 설령 있다고 해도 가벼운 감기처럼 금방 지나가겠지."라고 말을 해주었다.

봄이는 뭔가 알 것 같다는 표정으로 "아! 내가 지금 예방주

사를 맞고 있는 거구나!"라며 고개를 끄덕였다. 그렇게 봄이
는 낯선 곳에서 엄마와 단 둘이 지내면서 조금씩 마음이 자
라났고, 그런 봄이를 보며 이미 다 컸다고 생각한 내 마음도
한 뼘은 더 자란 것 같았다.

어느새 봄이의 무대가 끝났다. 관객석에서 박수갈채가 쏟
아졌다. 나는 손바닥이 얼얼할 정도로 박수를 쳤다. 그런 내
모습이 평소의 나답지 않았다고 생각했는지 남편이 나를 보
고 웃었다.

"그냥, 봄이가 얼마나 애썼는지 나는 아니까." 나는 혼잣말
처럼 남편에게 말했다.

"너도 고생했어."

남편이 말했다. 뜻밖이었다.

'고생했다고 한마디 했을 뿐인데 왜 고백받는 것 같은 기
분이 들지?' 나는 그때 알았다. 말에도 인연이 있다는 것을.
우연히 내뱉은 말이 상대방이 듣고 싶었던 말과 일치하는 지
점. 거기가 말의 인연이 시작되는 곳이다.

봄이의 크리스마스 콘서트가 끝나고 우리는 코리안 BBQ
식당에 가서 봄이가 좋아하는 갈비를 먹었다.

"갈비는 언제 먹어도 맛있지만 아빠랑 먹을 때가 제일 맛있어요." 봄이가 말했다.

몸이 말이 맞았다. 음식에는 여럿이 먹어야 제맛인 음식이 있는데 그중 하나가 갈비인 것 같다.

"맞아. 엄마도 오랜만에 아빠가 구워주는 갈비 먹으니까 훨씬 맛있어. 오빠, 고마워!"

"아빠, 고마워요!"

"갑자기 두 여자가 고맙다고 하니까 내가 지구를 구한 것 같은 기분이야. 나도 고마워. 지구를 구하는 것이 갈비 굽는 거란 걸 알려줘서."

"오빠, 말에도 인연이 있는 것 같아. 아까 오빠가 봄이 콘서트 끝나고 나에게 고생했다고 말하는데, '아! 내가 듣고 싶었던 말이 이거였구나'하는 생각이 들더라고."

"하고 싶은 말이 듣고 싶은 말과 만나는 지점. 거기서 말의 인연이 시작되는 것 같아."

"세진아, 네가 지금 한 말 뭔지 알 것도 같다. 좀 전에 나도 봄이랑 네가 고맙다고 할 때 그런 기분이 들었거든."

"나는 고맙다는 말이 듣고 싶었었나 봐. 그 말이 무슨 고백처럼 들려서 설레기까지 한 걸 보면."

"'고생했어'와 '고마워요', 둘 다 '고'로 시작하네. 어? 그럼

투 고네. 오빠 어떻게 할래? 고? 스톱?"

"당연히 고지. 쓰리 고!"

남편은 우리 술잔에 술을 따르고 봄이 컵에 물을 따른 후 건배를 제안했다. "쓰리 고를 위하여!"

식사를 마치고 우리는 하우스 라이트 구경을 했다. 축제에 진심인 이곳 사람들은 할로윈 축제 기간이 끝나면 크리스마스 준비를 시작했다. 여기저기서 트리가 보이고 마을의 집들은 Christmas Lights Display를 시작했다. 길을 걷다가 어글리 스웨터를 입고 크리스마스 장식에 여념이 없는 아저씨를 보면 나도 모르게 입가에 웃음이 번졌다. 이렇게 하나 둘 등불이 켜지기 시작해서 도시 전체에 불이 켜지면 캐나다는 하나의 거대한 크리스마스트리가 되었다.

우리가 간 첫 번째 집은 아기 예수님 구유 주위로 동방 박사들이 서 있고 그 주변으로 색색의 크리스마스트리가 빛나고 있었다. 안에서 주인이 나와 길가에 서 있는 자기 차를 안으로 옮겨 놓았다. 구경하는 사람들을 생각하는 주인의 배려였다.

두 번째 집은 이미 유명하다고 입소문을 탄 집답게 라이트 종류도 다양하고 아기자기한 소품도 많아 구경하는 사람들의 발걸음이 끊이질 않았다.

"이렇게 사람들이 많이 찾아와 시끄럽게 굴면 힘들지 않을까?" 남편이 말했다.

"나는 이렇게 꾸며 놓았는데 사람들이 오지 않으면 그게 더 속상할 것 같아요." 봄이가 대답했다.

"엄마, 나 저기 산타할아버지랑 사진 찍을래요."

봄이가 가리킨 집에는 차고를 산타할아버지와 사진 찍을 수 있게 바꾸어 놓은 포토존이 있었다. 봄이가 산타할아버지 옆에 앉자, 할아버지가 말을 걸었다. 산타 인형인 줄 알았는데 진짜 산타였다.

"웰컴 투 마이 하우스! 메리 크리스마스!"

"메리 크리스마스, 산타클로스"

봄이는 주인 산타할아버지랑 하이파이브를 했다.

"봄아, 우리도 마당 있는 집으로 이사 갈까?"

남편이 봄이에게 물었다.

"정말요? 좋아요!"

나는 남편을 보며 말했다.

"오빠가 와서 같이 살게 되면 그때 생각해 보는 걸로"

축제 때마다 이렇게 자기 집 마당을 꾸며 사람들을 즐겁게 해주는 이들 덕분에 나의 크리스마스가 우리들의 크리스마스로 바뀌어 어느새 무뚝뚝한 남편도 옆 사람에게 인사를 하고 있었다.

"아빠, 저기 산타가 버스를 타고 가요!"

집으로 돌아오는 차 안에서 봄이가 소리쳤다.

빨간 신호등이라 정차한 우리차 옆에 'Not in Service'라고 쓰여있는 버스가 서 있었다.

선물을 가득 실은 버스 안에 산타가 타고 있었다. 봄이가 차 창 문을 내리고 옆에 정차해 있는 버스 안의 산타에게 손을 흔들었다. 버스 안의 산타도 봄이에게 손을 흔들어 주었다.

'루돌프 썰매 대신 버스 타고 다니는 산타.' 내가 어릴 적 엄마는 크리스마스이브가 되면 늘 "일찍 자야 산타할아버지가 선물을 주시는 거야. 산타할아버지는 부끄러움을 많이 타셔서 아무도 보는 사람이 없어야 선물을 놓고 가시거든." 라고 말씀하셨다. 그 시절 내게 산타할아버지는 안 보이지만 믿어야 하는 신과 같은 존재였다. 잠 잘 때나 일어날 때, 짜증 낼 때 장난할 때도 모든 것을 알고 계시는. 특히나 우는 아이에게 선물을 주시지 않는 산타 할아버지 때문에 나는 점점 울지 않는 아이가 되었다.

안 보여도 믿으라는 말과 보이니까 믿으라는 말. 나는 안 보여도 믿는 것이 얼마나 힘든 것인지 알고 있었다. 나는 봄이가 보이니까 믿을 수 있는 산타할아버지를 알게 돼서 다행이라는 생각이 들었다.

"봄아, 산타할아버지는 언제 어디서나 우리 옆에 계셔 산타할아버지는 우는 걸로 협박하지 않아. 그러니까 웃고 싶을 때 웃고 울고 싶을 때 맘껏 울어도 돼."

나는 봄이에게 어린 시절의 나에게 하고 싶었던 말을 해주었다. 나는 이제 더이상 봄이에게 가스라이팅 하는 산타가 아니었다.

크리스마스이브, 우리는 크리스마스 기차를 타기 위해 스탠리 파크로 향했다. 뉴욕의 센트럴 파크보다 크다고 하는 스탠리 파크는 매년 겨울이 되면 산타가 사는 마을로 변했다. 기차를 타고 작은 요정들이 숨어있을 것 같은 동화 나라와 짧은 뮤지컬을 감상하는 크리스마스 기차는 가족과 함께 크리스마스의 추억을 만들기에 좋았다. 밤이 될수록 크리스마스 조명은 더 화려하게 빛나고 사람들은 점점 더 많아졌다.

"이 시간에 왔으면 기차 타려고 대기하는 데만 한 시간 이상 걸렸겠다." 집으로 오는 길에 남편이 말했다.

"그러게 좀 이른 시간이라 생각했는데 사람들 대기 줄 보니 일찍 오길 잘했다는 생각이 들어. 봄이는 어땠어? 스탠리 파크 기차 타는 거, 봄이 버킷 리스트 중 하나였잖아." 나는 봄이에게 물었다.

"완전 좋았어요. 캐나다에는 크리스마스 버스도 있고 크리스마스 기차도 있고 산타 할아버지도 많고, 캐나다는 착한 아이들이 많이 사나 봐요."

"아! 그래서 봄이가 캐나다에 오게 된 거구나. 착한 아이들이 많이 사는 나라라서" 남편이 말했다.

나는 봄이 말처럼, 착한 아이들이 많이 사는 나라, 캐나다에서 남편도 나도 점점 착한 사람이 되어가고 있는 것 같다는 생각을 했다.

"올해는 콩알 넣지 말까?"

남편은 크리스마스트리 밑에 봄이의 선물을 놓고 콩알 주머니에 콩알 몇 개를 넣을지 고민을 하며 물었다.

"오빠, 우리 콩알 하나만 넣자. 봄이 아직 손톱 물어뜯는 버릇 못 고쳤거든"

"그렇구나, 그럼 하나만 넣을게"

우리 가족은 크리스마스 때 콩알 주머니에 콩알 넣기를 했다. 콩 주머니에 콩알이 몇 개 들어 있는지에 따라 한 해 동안 내가 얼마나 잘 살았는지를 가늠할 수 있었다. 그러니까 콩알이 두 개면 일 년 동안 두 개의 잘못을 한 것이다.

"오빠는 콩알 주머니에 콩 몇 개가 들어 있을 것 같아?"

"크리스마스 때 일찍 와서 봄이는 내 콩 주머니에 콩알 하나도 안 넣을 것 같고…. 올해 콩알 개수는 세진이 손에 달렸는데…. 아무래도 좀 많겠지?"

남편이 나를 보며 웃었다. 나는 남편이 무슨 생각을 하는지 알 것 같았다. 나는 남편에게 말했다.

"오빠, 나 남자 친구 사귈 뻔 했었다."

"오! 드디어 익국 남자 친구를 사귄 거야?"

내가 평소에 영어가 더 자연스러워지려면 현지 남자 친구를 사귀어야 한다고 입버릇처럼 말해서인지 남편은 대수롭지 않게 받아넘겼다.

"응, 근데 얼마 전에 자기 나라로 돌아갔어."

"아, 그래서 그때 그렇게 네 목소리가 슬펐던 거였구나."

"뭐야? 오빠, 와이프의 남자 친구에 대해 너무 관대한 거 아니야?"

"세진아, 나는 너 믿어!"

크리스마스 아침이 밝았다. 부스럭거리는 소리가 들려 거실에 나가보니 일찍 일어난 봄이가 크리스마스트리 밑에 놓여있는 콩알 주머니를 열어보고 있었다. 봄이의 표정이 사뭇 진지했다. 주머니 속 한 개의 콩알을 보고 일 년 동안 자신의 잘못을 생각해 보고 있는 것 같았다.

"엄마, 산타 할아버지 같은 분이 판사를 하면 감옥에 사람들이 없어질 것 같아요."

"응? 그게 무슨 말이야?"

"콩 주머니에 콩알이 한 개 밖에 없어요. 며칠 전에 소피아가 실수로 내가 그림 그려놓은 종이를 밟아 종이가 찢어졌어요. 소피아는 사과를 했지만 나는 소피아의 사과가 진짜 같지 않아서 소피아의 사과를 받아주지 않았었는데 산타할아버지는 내가 소피아의 사과를 받아주길 바라시는 것 같아요."

"그런 일이 있었구나. 봄이가 그린 그림이 찢어져서 많이 속상했겠다. 근데 왜 소피아의 사과가 진짜가 아니라고 생각한 거야?"

"소피아가 뛰어가면서 미안하다고 했거든요. 진짜 사과를 하려면 얼굴을 보고 해야 하는 거라고 엄마가 그랬잖아요."

그랬다. 나는 미안하다는 말을 입에 달고 사는 남편의 '상황 모면하기식 사과'가 싫어서 봄이에게 사과를 할 때는 상대의 눈을 보고 잘못한 것이 무엇인지 말을 해야 하는 것이라고 가르쳤었다 남편이 일어나 거실로 나왔다. 우리는 각자의 콩 주머니를 열었다. 남편의 콩 주머니와 내 콩 주머니에는 콩알이 하나 씩 들어 있었다. 산타할아버지는 어린이들에게만 콩알을 주시니까 엄마, 아빠 콩알은 가족들이 넣어주자는 봄이의 제안으로 우리 가족은 매년 크리스마스 콩알 이벤트를 했다.

'누구지? 나는 오빠 콩 주머니에 콩 안 넣었는데⋯'

봄이었다.

남편과 내 콩 주머니에 콩을 넣은 주인공. 나는 봄이가 콩알 한 개를 넣은 이유가 궁금했다. 봄이가 나와 남편을 번갈아 쳐다보며 말했다.

"엄마, 아빠는 콩 주머니에 콩알 한 개가 왜 있는지 알아요?"

"글쎄, 이유가 뭘까?"

남편이 다시 물어보았다.

"약속을 안 지켰기 때문이에요."

"약속? 무슨 약속을 안 지켰을까? 엄마는 봄이랑 약속한 건 꼭 지키는데."

"나랑 한 약속 말고 엄마, 아빠가 결혼할 때 한 약속이요."

'이게 무슨 뚱딴지같은 소리지?' 나는 점점 봄이가 하는 말이 무슨 말인지 알 수가 없었다.

"엄마 노트를 봤어요. 아빠에게 여자친구가 생겼다고 써 있었어요. 그리고 그 옆에 제이크 아저씨 이름이 써 있었어요. 자람이는 아빠가 두 명이라서 좋다고 했지만 나는 엄마, 아빠가 한 명인 게 좋아요."

밀가루 반죽을 하다가 물이 모자라 굳어버린 반죽 같은 얼굴로 봄이가 말했다. 나는 봄이의 얼굴이 오랜만에 부쩍 커버린 어린 사촌을 만난 것처럼 낯설게 느껴졌다. 초등학교 3학년 때였다. 엄마를 졸라 사고 싶었던 원피스를 사서 입고 학교에 갔는데 친구와 장난치다가 싸인펜이 옷에 묻었다. 나는 얼른 물티슈로 닦았다. 하지만 얼룩은 남았다. 나는 봄이의 얼굴을 보며 아끼던 옷에 묻은 그 얼룩이 생각났다. 나는 봄이의 마음에 자국이 남지 않게 얼룩을 지워야 했다. 나는 무슨 말을 해야 할지 몰라 고민하고 있는 남편을 대신해서 봄이에게 말을 했다.

"봄아, 엄마, 아빠에게 딸이 하나인 것처럼 봄이에게도 엄마, 아빠는 하나야. 그러니까 걱정 안 해도 돼."

봄이가 고개를 끄덕였다. 나는 계속 말을 이었다.

"봄이는 가고 싶은 곳이 있을 때 어떻게 해?"

"엄마에게 데려다 달라고 해요."

"맞아. 봄이는 아직 어려서 가고 싶은 곳이 있으면 엄마, 아빠에게 말하면 되지만 엄마, 아빠처럼 어른이 되면 길을 직접 찾아야 해."

"내비게이션을 보고 가면 되잖아요."

"그렇지. 그런데 봄이랑 엄마랑 낯선 곳에 처음 갈 때, 내비게이션이 "경로를 이탈하였습니다." 라고 말할 때 있는데, 생각 나?"

"네, 지난번에 사과 유픽하러 갈 때도 그랬어요."

"맞아. 그러니까 어른이 되면 가야 할 데는 많은데 길이 하나가 아니라 여러 개라서 가끔 길을 잃어버릴 때가 있어."

"그럼 어른이 되는 건 길을 잃어버리는 거예요? 그래서 엄마, 아빠도 어른이라서 길을 잃어버렸어요?"

'길을 잃어버렸다.' 그랬다. 남편과 나의 짧은 이탈은 길을 잃은 거였다. 남편이 말했다.

"맞아, 아주 잠시 길을 잃었어. 봄아, 길을 잘못 들었을 때는 어떻게 하면 되지?"

"내비게이션이 다시 알려주는 데로 가요."

"맞아. 그것도 맞는데 아빠는 길을 잃으면 무조건 처음 있었던 곳으로 되돌아와서 거기서 다시 시작해, 그러면 내가 가야 할 길이 보이거든. 그런데 원점으로 돌아오려면 잘못 든 길로 너무 오래 가면 안 돼. 돌아오다가 또 길을 잃을 수가 있거든."

"아, 그러니까 엄마랑 아빠는 길을 잃어버려서 다시 처음으로 온 거구나!"

"우와, 아빠가 못 본 새 우리 봄이 마음이 정말 많이 자랐네."

봄이가 양손으로 남편과 내 손을 잡으며 웃었다.

세상에는 끝이 없는 말이 있었다.

'노력하다.'

길을 잃어버리지 않도록 노력하는 것 지금 나에게 꼭 필요한 말이었다.

250

EPILOGUE

　새우깡의 생일.

　일 년에 한번 뿐인 새우깡의 생일은 묘하게 에이스를 긴장
시켰어요.

　에이스는 아침에 일어나 간단하고 소박하게 생일상을 차
려놓고 새우깡을 깨웠어요.

　새우깡이 일어나 거실 블라인드를 걷으며 탄성을 연발했
어요.

　'이렇게 좋아할 줄이야…'

　새우깡의 리액션은 에이스의 기대 이상이었어요.

　에이스는 에이스 눈에 비춰진 자신의 모습을 읽는 새우깡
의 모습을 보며 '소확행'이란 단어를 떠올렸어요.

　한 때는

　아침에 눈 뜨며 만나는 새우깡의 눈빛으로

　하루를 시작하고

　저녁에 집으로 돌아와 만나는 새우깡의 눈빛으로

하루를 접었어요.

결혼하고 오랜 시간이 지난 지금,

에이스는 문득 서로의 눈빛에 얼마나 의지를 하고 있을까 하는 생각이 들었어요.

에이스는 새우깡에 대해 생각해 보았어요.

그리고 그 생각을 종이에 하나하나 적어 보았어요.

어느새 유리창 한 면이 가득 찼어요.

'내가 잊고 있었던 것이 많았구나.

항상 그가 변했다고 생각했었는데 내가 잊고 있었던 거구나…'

에이스는 마지막 한 장 남은 종이를 채웠어요.

내가 당신을 사랑하는 이유가 이렇게 많습니다.

내 인생의 짝이 되어 주어 고맙습니다.

사랑합니다.

그리고 축하합니다.

당신의 생일을.

.

작가의 말

어릴 때부터 과자를 좋아했습니다.

그래서 과자 이야기를 쓰고 싶었습니다.

에이스와 새우깡.

제가 제일 좋아하는 과자 이름입니다.

캐나다 살이를 한 후부터 캐나다가 좋아졌습니다.

그래서 캐나다의 자연과 그곳에 사는 사람들의 이야기를 쓰고 싶어졋습니다.

밴쿠버 코퀴틀람, 포트무디.

제가 좋아하는 사람들이 사는 마을입니다.

물건 하나를 사도 꼭 사용법을 익혀야 하는 세상.

복잡하고 어려운 기분이 듭니다.

가벼운 소설을 쓰고 싶었습니다.

이 책은 일 년에 한 권이라도 책을 읽고 싶은 독자를 위한 책입니다.

그래서 소설의 등장 인물의 이름도 주변의 흔한 이름을 빌렸습니다.

세상 모든 세진과 승현, 연재와 우민, 봄이와 자람, 그리고 제이크와 루시, 지니, 알버트에게 감사드립니다.

또한, 제가 소설을 시작하고 끝낼 수 있게 도와준 내짝궁 현규와 큰별 태훈, 내사랑 보나 그리고 사랑하는 가족과 이웃 (소보로빵과 시스터즈)들, 공글(공간을 만드는 글쓰기)키즈, 마지막으로 에이스와 새우깡을 세상에 나올 수 있게 도와주신 도서출판이곳 박윤희 대표님께 고마움을 전합니다.

에이스와 새우깡을 위하여

2023년 10월 성승제 Jelluda

에이스와 새우깡

1판 1쇄 발행   2023. 10. 20

지 은 이   성승제
발 행 인   박윤희
발 행 처   도서출판 이곳
디 자 인   디자인스튜디오 이곳
일러스트   BODAM (인스타그램 @bodamxbodam)
등   록   2018. 10. 8 신고번호 제 2018-000118호
주   소   서울 송파구 송파대로44길 9(송파동)
팩   스   0504.062.2548

잘못 만들어진 책은 구입하신 곳에서 교환해드립니다.
값은 뒤표지에 있습니다.
ISBN 979-11-982680-4-4(03810)

도서출판 이곳
우리는 단순히 책을 만들지 않습니다.
작가와 책이 마주치는 이곳에서 끊임없이 나음을 너머 다름을 생각합니다.

홈페이지   https://bookndesign.com
이 메 일   bookndesign@daum.net
블 로 그   blog.naver.com/designit
유 튜 브   **도서출판이곳**
인스타그램   @book_n_design

이 도서의 국립중앙도서관 출판예정도서목록(CIP)은 서지정보유통지원시스템 홈페이지(http://seoji.nl.go.kr)와
국가자료종합목록시스템(http://www.nl.go.kr/kolisnet)에서 이용하실 수 있습니다.